VILLA GLORI

RICORDI ED ANEDDOTI DELL'AUTUNNO

1867

GIOVANNI CAIROLI

PIO VITTORIO FERRARI

ALLA MIA VENERATA MAMMA

CONFORTO E SVAGO

NELLA SUA TARDA ETÀ

QUESTA BREVE PAGINA

DELLA MIA VITA

I.

Partenza.

Una sera del settembre 1867 mi trovavo al Casino o Circolo sociale di Udine e si chiacchierava secondo il solito, di politica, trinciando il mondo a diritto ed a rovescio con la giovialità e la spensieratezza dei vent'anni. La compagnia s'accresceva ad ogni istante di qualche amico: finalmente ad un dato punto tutti si levarono come a segnale convenuto e passarono nella sala attigua. Volli seguirli, ma mi fu impedito: ciò che mi parve molto strano. — O che, ci avete dei segreti? chiesi ad un amico. — Abbiamo un affare nostro da sbrigare. — Ed io non posso intervenire? — No, abbi pazienza: a suo tempo saprai ogni cosa. — Ma di che si tratta dunque? — Parola d'onore, te lo dirò. E mi chiuse la porta in faccia, lasciandomi solo. Per tutto quel giorno almanaccai su quella conferenza a porte chiuse. — Che sarà mai? pensavo. — Affari della società? oh no di certo, perchè io pure sono socio e dovrei saperne qualche cosa! All'indomani, appena uscito di casa, mi diressi all'ufficio della Sentinella friulana. Era questo il titolo di un periodico settimanale, che si stampava da noi giovani e che aveva per iscopo e programma di educare ed istruire il popolo. Non saprei dire quanto e come il nobile intento fosse effettivamente da noi raggiunto, nè se i mezzi adoperati fossero i più adatti. Di due cose mi ricordo, le quali per lo meno fan fede delle nostre buone intenzioni: che tutti noi ci mettevamo una grandissima attività e che il periodico era dispensato gratuitamente, come gratuita era l'opera nostra. Ne pagava le spese una eletta schiera di patroni (chiamiamoli così), i quali contribuivano con due lire al mese. Non ricordo quanti fossero: so però che il giornale era letto e se ne distribuiva un migliaio di copie circa. Questa cuccagna durò, credo, tre o quattro mesi, poi si risolse in un deficit, che troncò miseramente la vita alla filantropica pubblicazione. Era di buon mattino ancora e però rimasi sorpreso allorchè, entrando nell'ufficio ch'io credevo di essere primo ad aprire, lo trovai invece occupato da alcune persone a me sconosciute, le quali conversavano animatamente. Al mio entrare la conversazione s'interruppe d'un tratto, poi fu ripresa a bassa voce. Io fingendo di non interessarmici, mi misi a sfogliare alcune carte, ma in realtà tendevo l'orecchio. Morivo dalla curiosità. Poco dopo entrò un comune amico, il quale senza tanti misteri, forse credendomi d'intesa con gli altri, depose sul tavolo alcuni biglietti di banca. — Ecco tutto quello che ho potuto cavare di tasca al signor X.... (il nome non serve), esclamò. — Basterebbe al più per due di noi, soggiunse uno degli interlocutori. — Sta bene, ribattè un altro, ma quando saremo sul posto, come si farà? ci toccherà viverci per chi sa quanti giorni! — Ma io credo che là si provvederà. — Chi ne sa nulla? — Intanto potreste partire e quando sarete sul luogo, spediremo dell'altro; frattanto ci adopereremo. — Non lo credo prudente. Per ritirare denaro quando s'è fuori, fa d'uopo declinare il proprio nome alla posta od alla banca, e noi abbiamo bisogno di tenerci nascosti. Io, fra l'altro, non ho passaporto: quindi non si sa mai quel che possa accadere. Dal dialogo interrotto, dalla ricerca di quattrini e da altri indizi mi parve comprendere di che si trattasse. Uscii come se nulla fosse e la prima persona che incontrai fu l'amico del giorno prima, quello che m'avea dato parola di palesarmi il segreto. — Giurami che mi dirai la verità, gli dissi.

Voi combinate qualche cosa per Roma. — Come lo sai? mi chiese sorridendo. — L'ho potuto argomentare da un discorso ora udito all'ufficio del giornale. E tu perchè non mi dicevi nulla? — Sei troppo ragazzo, si temeva che parlassi; ma al momento di partire figurati se non te lo avrei comunicato! — Quando si parte? — Ora lo vedremo. E rientrammo all'ufficio. C'era anche un mio amico triestino, Giusto Muratti. Per partire si attendeva un telegramma da Firenze. Il telegramma venne finalmente. — Io parto, dissi al Muratti. Vieni?.... e fu stabilito di lasciare, se fosse possibile, la città quella notte stessa. Due ostacoli però si frapponevano. Il Muratti non aveva passaporto. Io invece l'avevo e in perfetta regola; ma in compenso non avevo quattrini e se ne avessi chiesto in casa, avrei messo sospetto e certo mi sarebbe stata impedita la partenza. Al passaporto per il Muratti fu subito provveduto: un amico gli prestò il suo. Più difficile fu risolvere l'affare dei quattrini per me. Un signore me li aveva promessi per la sera: uscii a notte tarda con armi e bagaglio e mi recai da lui, ma non era in casa. Il tempo stringeva e solo un'ora mancava alla partenza del treno. Inquieto per tale contrattempo, lasciai il mio piccolo bagaglio al Muratti, pregandolo di attendermi, chè avrei fatto un altro tentativo. Erano le nove di sera e certamente poche speranze potevo nutrire a quell'ora per simili affari. Ma io conoscevo le abitudini casalinghe di un amico. A quell'ora doveva essere a cena: ero quindi sicuro di trovarlo in casa. Andai da lui e lo trovai; gli chiesi trecento lire, me le diede senza aprir bocca e ritornai trionfante dal Muratti che mi attendeva sulla via. Un'ora dopo il treno diretto della notte ci portava alla volta di Firenze. In mia casa per quella sera e fino al mezzogiorno del domani non se ne seppe nulla. S'era bensì vociferato alcuni giorni prima in città della misteriosa partenza di alcuni giovinotti, ma nessuno aveva saputo dare spiegazioni. Qualche cosa n'aveva inteso anche la mia buona mamma e però forse divinava. In casa seguiva ogni mio passo e quando quella sera picchiò alla mia stanza, dove m'ero rinchiuso per comporre un po' di biancheria entro una piccola sacca, dovetti nascondere sacca e biancheria sotto il letto per non darmi a conoscere. Voleva che l'accompagnassi presso certi nostri parenti. Le dissi che non potevo perchè dovevo fare una visita di dovere in casa X..... E così dopo desinare io andai a vestirmi in abito nero da società con guanti e gibus ed essa venne a vedere di persona se l'abbigliamento era all'ordine e mi stava bene. — Mi raccomando, sai? mostrati garbato e riverisci da parte mia. — Sì, mamma. — Le diedi un bacio ed uscii in gran fretta. Mi veniva da piangere. Forse quel bacio potea essere l'ultimo ed ella non lo sapeva. In ogni modo l'indomani avrebbe provato un grande dolore. Ad alleviarlo, le diressi, poco prima di partire, un bigliettino e lo impostai alla stazione. Le chiedevo scusa d'averla in tal modo ingannata: partivo per un affare di premura e la pregavo di non fare di me ricerca alcuna perchè a suo tempo le avrei fatto avere mie nuove.

II.

In viaggio.

All'albergo della Luna a Firenze, dove prendemmo stanza, ci attendevano parecchi amici partiti prima di noi. Primeggiava fra essi e fungeva da capo Francesco Tolazzi, valoroso soldato, che poi, fino a pochi anni or sono, fu modesto impiegato: ora pur troppo è morto. Nel 1864 era stato intrepido capitano di una piccola banda di insorti friulani i quali, battendosi a Monte Castello, avevano dalle alte vette delle Alpi Carniche messo in iscompiglio ed in moto un intero corpo d'armata austriaco che aveva alla testa il generalissimo Benedek, appositamente chiamato a tal comando. L'intera provincia del Friuli era stata posta in istato d'assedio. La mobilitazione di quel corpo costò all'Austria la bellezza di quasi due milioni di lire, mentre la banda dei volontari non raggiungeva forse i venti uomini! Parte di costoro erano stati imprigionati, parte ne vidi io stesso rimessi in libertà nel 1866, altri riuscirono a fuggire e ripararonsi nel Regno. Fra questi il Tolazzi, il Cella ed il venerando Andreuzzi. Quest'ultimo stette ben 17 giorni sotto un crepaccio di montagna mantenendosi a polenta e latte, che gli recava un pastore, e tenendosi la stricnina in tasca, pronto al suicidio piuttosto che cadere in mano al nemico! Belle memorie! Quando io ed il Muratti arrivammo, gli amici che ci avevano preceduto si preparavano a proseguire il loro viaggio. Avevano tutti portata seco una rivoltella e fu non piccola difficoltà l'adattarsela in modo che non fosse veduta; la scoperta di una compagnia di giovinotti armati a quel modo avrebbe potuto procurarci seri guai anche colla polizia italiana. Essi dovevan passare il confine per Orte e Corese; noi insieme a qualche altro amico lo avremmo passato l'indomani dalla parte di Montalto e Civitavecchia. Partirono dunque assieme gli amici Marzuttini, Berghinz, Andreuzzi juniore, Facci, Cella e Povoleri. La giovialità serena ed esilarante di quest'ultimo teneva allegra la compagnia. Chi l'avrebbe detto allora! Il Povoleri finì suicida in Alicante pochi anni dopo, ed egual fine si ebbe pure più tardi il povero Cella; egli che aveva sfidato tante volte la morte, che al ponte del Caffaro aveva sostenuto con un capitano austriaco, un duello corpo a corpo da non aver riscontro che nelle epopee antiche; egli che fu il primo ferito di quella guerra e meritò l'onore di essere chiamato da Garibaldi: prode fra i prodi! È morto è pure il povero Carletto Facci, anima gentile e dolcissima di intelligente amico! Il Berghinz e l'Andreuzzi da parecchi anni portarono nella libera America l'onesta loro attività e forse non li vedremo più: tutti scomparsi! L'indomani partimmo anche noi venuti dopo ed a noi si unì pure l'amico Alberto Ceresa di Lodi. Eravamo in quattro ed anche di noi quattro uno pur troppo or non vive più che nella dolce memoria! Il Comitato residente in Firenze ci aveva designati gli alberghi dove in Roma dovevamo prendere alloggio. Così alcuni furono mandati all'Hôtel Roma, altri all'Europa, altri all'albergo Cesari; il Muratti ed io fummo destinati alla Minerva, noto sbarcatoio, allora come ora, di tutti i gros-bonnets del legittimismo. Prima di partire dovemmo far legalizzare i nostri passaporti dal console spagnolo che abitava fuori di Porta al Prato, ed anche questa pratica ritardò la nostra partenza di qualche ora. Curiosa contraddizione! Pio IX avea tanta fiducia nella Francia che si faceva difendere dalle sue truppe, ma per i passaporti esigeva il timbro della Spagna! Sostammo a Livorno la notte per riprendere di buon mattino il treno maremmano. I carabinieri alla stazione non ci diedero noia. A noi però sembrava ci tenessero d'occhio e non respirammo liberamente che quando il treno si mosse. A Montalto visita doganale. Un ricevitore sfogliò due o tre volte una Guida d'Italia che gli si affacciò nell'aprire la mia sacca, poi mi diè una sbirciata di sottecchi. Forse volea scrutare nel mio volto un possibile lettore di libri proibiti. Da Follonica in giù eravamo rimasti in coupé noi quattro con altri due giovinotti che non conoscevamo. Costoro, forse indovinando o fidando nella lealtà della gioventù che non tradisce, cavarono di tasca prima d'arrivare a Montalto due rivoltelle e cominciarono a consultarsi fra loro sul modo di poterle nascondere prima di arrivare al confine. Vedendo quelle armi, immaginammo che il loro viaggio avesse l'identico scopo del nostro. Lo chiedemmo e ce lo confermarono. Allora suggerimmo loro di nascondere le rivoltelle nell'imbottitura dei sedili cavando un poco di stoppa: così fu fatto; e poi che ebbero subìta la visita doganale e ripresi i loro posti, ricuperarono senza inconvenienti le loro armi. Erano due bravi giovinotti: li lasciammo alla stazione di Roma e non li rividi più. Ricordo però il nome di uno, Natale Capaccioli, nome che rividi più tardi nella funebre lista dei morti a Mentana. Apparteneva al glorioso battaglione livornese guidato dal Mayer. Il sole era già calato in un ampio manto di nuvole d'oro: cominciava ad imbrunire. Il treno correva monotono attraversando le desolate ed interminabili lande della campagna romana; la conversazione nostra era andata gradatamente languendo: il crepuscolo stesso invitava al silenzio. Un senso indistinto di brivido m'aveva preso. La certezza di trovarmi in paese nemico; la possibilità di essere pedinati dalla polizia, scoperti e gettati in un carcere senza nemmeno il merito d'aver mosso una paglia; l'impresa non ben determinata che ci attendeva in Roma; il ricordo della famiglia lasciata la quale forse in quel momento era in tutte le angosce non sapendo dove e come fare di me ricerca; ciò tutt'assieme dava ai miei pensieri una tristezza meditabonda alla quale invitava anche la stessa ora tarda della sera ed il paesaggio che ci si svolgeva innanzi agli occhi, malinconico e desolante. Si attraversavano immense praterie che andavano a confondersi a perdita d'occhio col lontano orizzonte, colline e vallate alternantisi per interminabili pendii, ma spoglie affatto d'ogni vegetazione e solo popolate qua e là da mandrie di pecore, di bufali e di cavalli. Non un arbusto, non un boschetto, non una casa! Il treno correva correva... passata Civitavecchia, passato anche Palo, ultima fermata del diretto, e via via Palidoro, Maccarese, Magliana e finalmente Roma! Roma, termine dei nostri pensieri, meta delle nostre aspirazioni, delle aspirazioni d'ogni italiano! l'avremo?... chi lo può dire? come l'avremo?... chi lo sa? ci sono armi? è preparata la popolazione? insorgeranno?.. e se ci lasciassero soli?... faremo le barricate; e se ci agguantano?... ci fucileranno, ci impiccheranno come congiurati, come framassoni!... e la mamma? Questo dolce ricordo che facea capolino fra l'incertezza di sì tristi presentimenti, mi produsse il senso di un'angoscia disperata. Guardai i miei compagni: alcuni dormivano, altri meditavano pur essi, e mi pareva scorgere anche sui loro volti i segni d'una preoccupazione profonda! Ma io quando il treno, finalmente rallentando, sostò e udii proferire il gran nome: Roma! io asciugavo due grosse lagrime! Alla stazione ci dividemmo senza saluti e commiati come fossimo affatto sconosciuti l'uno all'altro. Alla Minerva si convenne fra me e il mio compagno di parlare sempre in dialetto per il caso che qualche spia origliasse alle porte. Ottima precauzione, che però corse pericolo di venir guastata fin dalla prima sera dal carattere impetuosamente istintivo del compagno mio. Poco dopo aver preso possesso del nostro alloggio, ecco un cameriere tutto giuggiole e tutto inchini a domandarci ossequiosamente i nostri riveriti nomi, o meglio ancora, se non c'era d'incomodo, i rispettivi passaporti. Consegnammo i nostri nomi scritti su di un polizzino, non essendo il caso di porgere carte da visita; quanto ai passaporti, rispondemmo che li avremmo consegnati l'indomani, perchè ci scomodava levarli allora dal fondo dei bauli. Il cameriere ricevette la carta, mormorò uno strascicato e gentile: Benissimo! poi avendoci chiesto se desideravamo mangiare, scendemmo senza altro con lui al restaurant. Era un salone vastissimo decorato a marmi e stucchi con colonne di marmo, nicchie e statue; qualche cosa di mezzo fra l'aula accademica e la chiesa. Un unico candelabro illuminava il vasto ambiente, che rimaneva quasi tutto in penombra o buio, e davanti al candelabro sedevano a tavola un prete e un suo giovane allievo. Mangiammo di buon appetito. Il prete e l'allievo sorbivano un the, e rammento ancora la strana impressione che ci fece il veder l'allievo, prima di bere e dopo aver bevuto, fare certi enormi segni di croce, come se avesse avuto da esorcizzare la bevanda. Cenando però mi venne un dubbio, che cioè il protrarre al domani la presentazione dei passaporti potesse dare qualche sospetto; ne feci motto al mio compagno ed egli pure fu del mio avviso. Perciò, finito alla meglio il desinare, risalimmo nella stanza e chiamammo il cameriere. — Eccole i nostri passaporti, disse tosto il Muratti con un tono burbero in lui abituale, e accentuando le parole sì che uscivano come schioppettate. — Oh si figuri! rispose l'altro cerimoniosissimo. Non occorreva che lor signori si disturbassero per questo; facciano il loro comodo; se non è questa sera, sarà domattina che daranno conto di sè alla polizia. Questa parola, detta, io credo, affatto innocentemente da quel loiolino ganimede, fece scattare il mio compagno come se l'avesse punto una vipera, e affrontando minaccioso il cameriere — Che polizia! gridò. — Sì, riprese impaurito ed officioso il cameriere, la polizia, cioè l'ufficio dei passaporti, perchè l'ordine è così; sa, noi non c'entriamo per nulla! — Che polizia, che polizia! per chi ci prende lei? Eccole i passaporti! e li buttò al cameriere con tale una grazia, che questi pel suo meglio sgattaiolò lesto come una gazzella e scese di corsa per il corridoio probabilmente a raccontare al padrone le suscettività tempestose del forestiere nuovo arrivato, mentre io strapazzavo di santa ragione l'amico, dicendogli che con simili modi non si va a cospirare in paese nemico e che se cominciavamo così, non sarebbe passato un giorno che ci avrebbero legati, e l'avremmo finita male!

III.

Alla Minerva.

Se io dovessi qui ricordare quali criteri ci avevano diretti a Roma e quali interessi avevamo, dovrei certamente lavorar di fantasia. Eravamo a Roma, sapevamo di non essere soli, sapevamo che doveva trovarcisi pure un capo, che noi eravamo a sua disposizione e dovevamo attenderne gli ordini. Donde poi ci sarebbero venuti, con quali mezzi si sarebbe agito e quando, ignoravamo affatto. Intanto stabilimmo di visitare un pochino la città. Programma nostro il fingerci stranieri: Muratti parlerebbe tedesco, io francese. Io ero sempre vestito coll'abito da società e col gibus che avevo all'atto della partenza. Giovinetto ancora imberbe, quell'abbigliamento mi dava l'aria d'un chierico travestito o d'un pastore evangelico. Per maggiore illusione presi meco quella guida d'Italia rilegata in tela rossa ch'era stata perlustrata dal doganiere al confine di Montalto, la quale, se poteva ingannare la polizia sul conto nostro, disgraziatamente illudeva però anche i ciceroni di piazza. Infatti questi, appena uscimmo dall'albergo, ci assediarono da ogni parte. Un bottaro ci si accostò, salimmo ed avendoci anch'egli chiesto in francese dove si voleva andare, il mio compagno, affastellando francese tedesco e italiano, diede una tal risposta ed in tale idioma, che non so davvero che cosa il cocchiere riuscisse a comprendere. Fortunatamente i bottari di Roma erano in gran parte dei nostri, chè se, Dio liberi, quello fosse stato una spia, ci avrebbe condotti difilati a Montecitorio. Per chi nol sapesse, il palazzo di Montecitorio allora era la sede della Direzione generale della polizia pontificia. Visitammo S. Pietro e vi trovammo una guida o cicerone che possedeva un permesso per visitare Castel Sant'Angelo. Ci tornò opportunissima e l'accettammo. Ridire le impressioni riportate dalla vista del maggior tempio della cristianità non è qui luogo, nè, per verità, bene me le ricorderei; perchè le nostre osservazioni, più ancora che ai quadri ed alle statue, erano dirette a certi altri forestieri, la maggior parte giovani, che si vedean qua e là girare per il tempio, anch'essi accompagnati dai ciceroni, e che dal loro fare spigliato e dalle mosse ardite s'argomentava agevolmente non esser nè inglesi nè tedeschi nè americani, e meno che mai ammiratori appassionati di ecclesiastici monumenti. In Castel Sant'Angelo ci accompagnò un veterano svizzero col quale il mio compagno fece lunga conversazione in tedesco. Corridoi, scale, scalette, terrazze, stambugi, prigioni, anditi, cortili, muraglioni, feritoie, questo è il mio ricordo di Castel Sant'Angelo, di allora. Ci passai due mesi dopo una notte, la notte avanti alla nostra liberazione dalla prigionia; ma i pensieri di quei momenti, agevolmente lo si indovina, eran volti a tutt'altro che a rilevare la topografia del carcere; nè ora, dopo tanti anni, nelle poche visite fatte al Castello, mi fu mai possibile di raccapezzare dove io passassi quella notte. Chiedemmo però allo svizzero se quegli antri additati quali prigioni di Benvenuto e della Cenci servissero tuttora di carcere a qualche condannato. Ci rispose che le carceri erano in altra parte del Castello. Forse, pensavo tra me, vi staranno i prigionieri politici. Li libereremo?... oh qual maggior soddisfazione? aprire il carcere ad un martire della patria! Assistemmo allo sparo del cannone a mezzogiorno. Dal ponte Sant'Angelo ci fu dato vedere degli zuavi che lavoravano di carriola e di

vanga allegramente lungo le sponde del Tevere, allora in condizioni diverse da oggi.
Forse eran tutti figli di famiglie civili, persone istruite e dabbene, forse eran laureati,
professori, conti, duchi, baroni, e lasciavan la patria e gli agi di casa propria per
venir qui a fare il manovale, il bracciante! Bisogna proprio convenire che la fede fa
miracoli! Rientrando nell'albergo ci si affacciò un frate zoccolante con una cassetta per
la questua e noi, come ogni altro inquilino dell'Hôtel Minerva, pagammo senza batter
becco il nostro tributo alle anime. Quel frate stava da mattina a sera sulla porta
dell'albergo e poichè era albergo frequentato da persone ricche ed abbienti, fors'era
questa una speculazione di diritto per qualche convento. Al proprietario dell'albergo,
del resto, poteva far comodo come controllo della gente che andava e veniva;
fors'anche costui poteva essere un arnese della polizia, ma per noi rappresentava
soltanto un pedaggio assai noioso. Sette od otto giorni si stette all'albergo della
Minerva, ma soltanto a dormire. Ci scottava il suolo sotto i piedi in quelle camere e
in quell'ambiente. Le pareti stesse potevano parlare. Oltre a ciò i prezzi erano molto
elevati e di quattrini per andar incontro all'ignoto non avevamo certamente dovizia.
Avevamo perciò scoperto per i pasti un luogo abbastanza centrale, ma molto
democratico. Era la trattoria dei Tre Ladroni in via dell'Umiltà, vicino al Corso. Ora
non esiste più. Non vi si mangiava male, ma era un vero antro di Caco e l'insegna non
poteva essere più adatta per simile ambiente buio, umido e pur troppo anche sudicio.
Ci convenivano militari di bassa forza, borghesi di campagna e preti scagnozzi. Il
posto ci parve ottimo per eludere la polizia. Ma una sera, anche là, poco ci mancò che
non cadessimo in trappola. Di fronte al nostro tavolo bevevano una foglietta di vino due
legionari d'Antibo che, come guerrieri, non erano certo nè Ettori nè Ajaci e men che
meno Adoni. — Guarda un po'! mi disse sottovoce in vernacolo il mio compagno.
Se costoro si possono chiamare soldati, io mi lascio volentieri tagliare la testa
(veramente altra era la frase)! Io sorrisi e non risposi, ma uno dei due soldati cominciò a
conversare coll'altro alterato, volgendosi ogni tanto verso di noi con piglio e gesto che
sembravan di sfida. — Oh vedi se può essere soverchia la prudenza! Costoro sembra
che intendano anche il dialetto ed abbiano compreso il nostro discorso, diss'io
sommessamente. Intanto il militare continuava a parlar alterato, sempre col volto
e talvolta coi pugni a noi rivolti. Allora senz'altro noi chiedemmo al cameriere: — Che
cos'hanno quei due soldati? E uno dei militari senza lasciar tempo al cameriere di
rispondere — Dites à ces messieurs là, esclamò, que je ne comprend pas la
langue italienne, mais cepandant j'ai assez compris pour lui dire qu'en France il y a
bien plus de politesse qu'ici. — Perchè dunque non ritornate in Francia, gridò imbizzito
il mio compagno, se vi è tanta cortesia? Che ci venite a fare qui? Una potente gomitata
mia gli tolse il fiato e la parola per continuare. Ma ci volle poi per me — aiutato
dall'oste — del bello e del buono a pacificare il focoso armigero francese,
assicurandolo che nessuno al mondo s'era burlato di lui e che, appunto perchè essi non
comprendevano la lingua italiana, avevano frainteso le nostre parole in dialetto. Le
aveva capite anche troppo bene, l'amico! Come campione militare però bisogna
confessare che era in molto difetto; è naturale quindi che fosse anche sempre in
sospetto! Usciti di trattoria, feci una nuova e più solenne filippica all'amico che ad ogni
istante con simili imprudenze comprometteva la nostra posizione. Erano intanto già

passati quattro o cinque giorni nè si vedeva alcuno nè si sapeva nulla dei casi nostri. Incominciavamo, per dir vero, a dubitare della serietà dell'impresa, quando un giorno, camminando per il Corso, vedemmo gran folla di gente sulla piazzetta di S. Marcello e di fronte alla chiesa la carrozza del Papa cogli staffieri smontati e le guardie nobili che facevano ala. Ci fermammo a guardare e di lì a poco vedemmo uscire di chiesa Pio IX in persona, bianco vestito ed attorniato, assediato letteralmente da donnicciuole, da bambini, da vecchi che volevano baciargli la mano e le vesti. Egli benediva tutti e lentamente avanzandosi montò in carrozza; le guardie si misero ai lati di essa e via per il Corso a gran trotto. Era verso sera, proprio nell'ora in cui il Corso di Roma è più animato. Lo spettacolo che ci si offeriva al passaggio della berlina papale era quello di un'onda marina procedente maestosa. Tutta la gente sostava e si prosternava a terra di mano in mano che la carrozza procedeva. E via via così fino a porta del Popolo. Noi ci fissammo in viso l'un l'altro come estatici a quello spettacolo; quando rinvenimmo dallo stupore, ci domandammo: Che siam venuti a fare noi in Roma? la rivoluzione?... Un giorno per il Corso adocchiai uno dei compagni nostri e ammiccatogli feci cenno a lui di seguirmi. Lo trassi in disparte in un vicolo nascosto e presi ad interrogarlo ansiosamente sui nostri disegni e sulle speranze concepite; ma pur troppo compresi ch'ei ne sapeva quanto noi. Uniche notizie che ebbi, furono queste, che essi erano sempre all'Hôtel Roma, come noi al Minerva e che il capo e direttore della cospirazione era Francesco Cucchi. L'indomani di buon mattino andai all'Hôtel Roma sperando di aver nuove notizie. Erano ancora a letto e faceva loro compagnia quel tipo originalissimo ch'era l'amico Andreuzzi, il giovine. Egli era entusiasta dell'impresa ed io, che n'ero scoraggiatissimo, cadevo proprio a proposito. Mi lamentavo che non si sapeva nulla di nulla ed egli a rispondermi che le rivoluzioni van fatte così, che noi non avevamo altro dovere che di star pronti e quand'era il momento, scendere in piazza. — E le armi dove sono? — Le armi ci sono. — Ma dove? — Ci sono. — E la gente? — C'è. — Ma dove? — Ti dico che c'è. — Ma dove? io non l'ho veduta. — Non serve: lo devi credere. — Allora piglieremo Roma colla fede. — Insomma tu devi tacere. — La piglieremo col silenzio allora. — Meglio che colle tue chiacchiere, f..... d'un moderato! e giù una grandine di epiteti e di cazzotti dati e scambiati. Erano queste le nostre esercitazioni, le nostre manovre. Altro originale per disinvolta sfrontatezza era Augusto Merluzzi, ora morto, poveretto! Passeggiava un dì per il Corso con uno de' suoi compagni: a un tratto questi vedendo passare una botte diè un grido di stupore, la carrozza fu fermata e ne scese un prete, e lì esclamazioni di stupore e domande: — Ma come mai ti trovi qui? Ed io che ti credevo a Firenze! Che ci sei venuto a fare? — Il povero amico era impacciato e non sapeva che rispondere e balbettava impaperandosi. Pronto venne in suo aiuto il Merluzzi: — Viaggiamo per conto della casa A e trattiamo pure qualche affare per la casa B; siamo qui da parecchi giorni e ci tratterremo ancora dell'altro, se la piazza ci offrirà da lavorare.... — O non mi secchi un po' colle sue chiacchiere! interruppe bruscamente il prete. Questi è mio fratello. Il merluzzo restò baccalà. I giorni si seguivano l'uno all'altro e noi continuavamo a fare i viaggiatori, gli inglesi, i touristi ma nell'animo nostro volgevano pensieri tristissimi ed un lento scoraggiamento cominciava ad impadronirsi di noi. Venne finalmente il momento in cui ci fu annunziata imminente la sommossa, ed anzi fummo avvertiti di tenerci pronti perchè alla sera il Comitato ci avrebbe tolti dall'albergo e trasportati in una casa privata. Regolammo i nostri conti con l'Hôtel Minerva e alla sera attendevamo i signori del Comitato.

IV.

Casa Giovanelli.

Il cosidetto Comitato nazionale romano fu, a dir vero, tutt'altro che benemerito dell'impresa da noi tentata, anzi l'osteggiò a tutto potere, perchè non si agiva d'accordo col governo di re Vittorio. Chi aiutò realmente il Cucchi, il Castellazzo, il Guerzoni, l'Adamoli, il Pavesi e gli altri capi convenuti qui in Roma, fu il Comitato o Centro d'insurrezione; ed era esso appunto che in quella sera si occupava di noi. Alle 8 pomeridiane fu bussato alla porta della nostra camera all'albergo. — Chi è? Avanti! Entrarono un signore alto e robusto dalla fisionomia franca ed aperta ed un giovanotto bruno, dagli occhi nerissimi e dai lineamenti delicati e simpatici. Il primo era Napoleone Parboni, che della fisionomia e della figura nulla ha per anco mutato. L'altro era un certo Augusto, il cui cognome ora mi sfugge e del quale poscia non mi fu possibile aver più traccia. Riconosciutici scambievolmente, fu convenuto che saremmo partiti con Augusto, il quale ci avrebbe condotti in vettura fino a Santa Maria Maggiore, donde, licenziato il cocchiere, saremmo andati a piedi alla nostra destinazione. E così fu fatto. Nessun inconveniente, nessun contrattempo nella partenza. All'uscir dall'albergo si pagò il solito pedaggio, e poi via. Per strada incontrammo il carro dei morti ed io ne trassi cattivo augurio. Poco discosto dalla piazza dell'Esquilino, in via Graziosa (ora via Cavour), esisteva allora a mano diritta una gradinata che metteva ad un terrapieno, donde poi si accedeva al vicolo dei Quattro Cantoni. Appena imboccato questo, a mano diritta, c'era un vicolo cieco, una specie di cortiletto. In una casa prospettante in questo vicolo ci condusse l'amico Augusto e vi fummo ricevuti con molta cordialità. I moderni lavori hanno mutato faccia del tutto a quella località, talchè chi si trovi nella bella e maestosa via Cavour mal cercherebbe i meandri e gli angiporti di via Graziosa. Il vicolo Quattro Cantoni però esiste tuttora e vi si accede per una comoda scalea, salita la quale, subito a mano diritta si imbocca il vicolo cieco. Questo è tuttora immutato e la casa ove noi abitammo, per chi la volesse conoscere, porta ora il num. 72-B ed è alloggio consueto di ciociari e di erbivendoli. Stranezza del caso! Vent'anni dopo i fatti che sto narrando, io venni a stabilirmi colla famiglia in Roma. Gira e rigira per trovar quartiere, dopo averne visitati parecchi, finalmente ne trovai uno di mio gradimento in via Cavour; vi ci stabilimmo e solo dopo due e tre mesi che vi abitavo, riconobbi che le mie finestre prospettavano proprio sul vicolo Quattro Cantoni e che il vicolo cieco era quasi di fronte a casa mia! L'uomo che dovea ospitarci, era un certo Giovanelli calzolaio, o meglio ciabattino, morto pur esso alcuni anni or sono. Pochi mesi prima di morire venne a trovarmi. Di salute stava ottimamente, benchè avesse ottant'anni, ma la vista l'avea quasi perduta. Il suo nome per me e per i miei compagni di quei giorni assurse all'onore di ricordo incancellabile. Aveva famiglia composta di una donna, due ragazze ed un figlio. Una delle ragazze era sposa ed il fidanzato veniva ogni sera a vederla. Era un altro Augusto, compositore tipografo, buonissimo figliuolo e da cui nulla c'era a temere. Licenziato l'Augusto primo (diremo così), rimanemmo soli a contemplare l'abitazione in cui d'ordine del Comitato eravamo stati sbalestrati. Era un secondo piano. L'uscio della scala metteva direttamente in uno stanzone, il talamo coniugale del Giovanelli: dallo stanzone si passava in una piccola cucina e dalla cucina in un'altra piccola stanza, che noi destinammo per sala da pranzo. Poco dopo arrivati noi due, ci vennero anche l'Andreuzzi con un altro amico e l'indomani ci furono portati pure i due commessi viaggiatori di casa A e di casa B. Totale sei ospiti e cinque padroni di casa, ossia undici persone costrette a stiparsi in due stanze, ed ecco come. Quattro si dormiva per turno nel gran talamo del Giovanelli. Si doveva giacere di fianco e star immobili, pena il ruzzolare in terra... nè giurerei che ciò non sia avvenuto. Si stava pigiati, ma via, meno male! Da uno degli altri letti veniva levato un materasso che ogni sera si stendeva per terra, e così era provveduto per altri due che ci dormivano per turno. Letto un po' duro, ma senza pericolo di ruzzoloni. Il Giovanelli ed il figlio dormivano pure con noi sovra un cassettone che coperto da un materasso poteva anche figurare un divano. In totale quindi otto persone in una camera che non credo misurasse sessanta metri cubi. Come spazio, stavano meglio certamente di noi la madre e le figlie, le quali dormivano nell'altra stanzetta, ma non so in qual modo, perchè quando noi al mattino si usciva, la camera era rifatta ed assettata, di letti non si vedeva manco l'ombra ed il cubicolo era convertito in triclinio. Questo fu il nostro alloggio per circa una quindicina di giorni; giorni memorabili, giorni il cui ricordo appare come pietra miliare nella vita monotona ed affacendata della più tarda età, giorni di spensierata allegria, d'incondizionata abnegazione, giorni sereni e giocondi in cui l'ardore e la fantasia giovanile si sposavano in un comune e nobile intento, si acquetavano in una solenne certezza, la coscienza cioè di tentare il supremo compimento dei destini italiani, la realizzazione del voto di patrioti, di eroi, di martiri! Casa Giovanelli per noi doveva essere poco meno d'un carcere per quei pochi giorni. Non si doveva uscire o quanto meno nelle ore di notte e non mai per andare verso il centro della città. L'occhio vigile della polizia ci avrebbe notati, pedinati ed il covo sarebbe ben presto stato scoperto. Costretto da questa invasione a sospendere il proprio lavoro e danneggiato negli affari suoi, il buon Giovanelli dovette fare di necessità virtù e di calzolaio fu tramutato ipso facto in cuoco, nella qual briga lo coadiuvavano pure la moglie e le figlie. Faceva le provviste, ci portava i sigari, il tabacco e, più che tutto, ci portava certi fiasconi giganti di vino bianco, coi quali confortavamo gli ozii della prigionia forzata. Gli amici passavano il loro tempo giuocando alle carte. Io, non conoscendo giuochi, faute de mieux, facevo filacce per i futuri feriti, lo stesso lavoro a cui erano condannati i prigionieri di Spielberg e di Gradisca. L'indomani del nostro arrivo il Giovanelli ci fece conoscere parecchi suoi amici, tutti cospiratori, congiurati, liberali accaniti (diceva presentandoceli) e ce n'era uno sciame. E fatta la nostra conoscenza, venivano poi quotidianamente a tenerci compagnia e a fare conversazione. Società piacevolissima! Ricordo un Serafino falegname, buon ragazzo, che aveva fatta la campagna del 1866; un carrettiere in camiciotto di tela greggia con una faccia che, Dio liberi, imbroccarla al buio (lo chiamavano frittata, non so poi perchè); un vecchietto dai panni logori ma accanito anche lui; una donna accanita nelle vesti, nelle unghie e nei capelli arruffati; un cocchiere a spasso, proveniente da un circo di cavallerizzi; un marmista, un carbonaio ed altri molti. Ma erano strette di mano, toccate di bicchiere, abbracci, promesse, giuramenti che ci si facevano! E perchè alla scelta società non mancasse anche la buona musica, il figlio del Giovanelli, Pietruccio, di tratto in tratto dava una cantatina con una terribile voce di tenore, accompagnandosi con la chitarra. Gran parte di questi amici io li rividi per mia somma consolazione nel 1870, dopo la breccia di Porta Pia e si rinnovarono allora gli abbracciamenti, i baci e le carezze. E poichè il caso voleva che in quel tempo io mi trovassi in condizione di potere, almeno moralmente, giovar loro presso apposito Comitato istituito di quei giorni in Roma per provvedere ai danneggiati politici, mi toccò la sorte di dovere, cominciando dal Giovanelli, moltiplicare certificati sopra certificati e prodigar patenti a diritta ed a manca di patriottismo e di danni sofferti, come lo potrebbe fare un dittatore nel pieno esercizio delle sue funzioni. Eppure, a tutt'oggi che scrivo, l'effetto di parecchi fra quei certificati sussiste ancora. Io stesso che li dettai, ne sono stupito; perchè, lo dichiaro solennemente, i certificati, quantunque in ogni lor parte veri, furon da me fatti per levarmi d'attorno una seccatura, non mai perchè io ci annettessi importanza di conseguenze possibili nell'avvenire, nè perchè io credessi che s'avesse del patriottismo a fare un lucro e men che meno che della sincerità del medesimo in coloro che lo professavano, avessi proprio io ad essere il giudice competente. Comunque sia, l'abbondare non nuoce; e se la storia del nostro risorgimento può segnalare numerosi ciarlatani, sfruttatori postumi di patriottismo, giustizia vorrebbe però che si rimettessero le cose a posto e si desse a ciascuno la parte sua. Quanti patriotti morti poveri ed ignorati, quanti vivon tuttora conducendo stentatamente una vita di sacrifici e di dolori, mentre al Senato, alla Camera, nell'esercito, nella magistratura e perfino nelle file più puritane della democrazia idealista mietono il fiore delle onoranze ed assorbono anche lauti stipendi i postumi liberali, che prestarono fino all'ultimo istante mente, braccio e cuore al nemico contro l'Italia insorgente. La ragione politica, lo spirito partigiano ed il tempo, grande liquidatore di tutte le pendenze, fanno pur troppo obliare anche le brutte pagine della storia di un uomo e detergono (cosa incredibile!) macchie tali che nè la patria rivendicata nè la fermezza delle coscienze oneste dovrebbero mai cancellare o dimenticare! Di fronte a costoro, gli accaniti di casa Giovanelli, ardimentosi allora, senza miraggio di promesse, dimenticati ora in gran parte, senz'altro compenso che la coscienza d'un dovere adempiuto sono per me tanti eroi di Plutarco. Se all'albergo c'incresceva l'incertezza di notizie e di posizione, in casa Giovanelli ciò era addirittura insopportabile. E quando smettevasi il giuoco delle carte, era un continuo almanaccare sulle probabilità di un movimento imminente, sui punti da attaccarsi, sulla gente in cui fidare, sul numero degli insorgenti, sulle armi, sugli aiuti di fuori e sulle probabilità di dentro. Si parlava di Menotti Garibaldi, che allora stava organizzando le prime sue bande, ma ancora non aveva sconfinato. Nelle nostre previsioni eravamo però molto discordi. Alcuni si facevano illusioni, altri erano pessimisti: io fra questi. L'Andreuzzi invece era il capo degli ottimisti: per lui tutto era facile, tutto pronto, tutto indiscutibile. Si ragionava, si quistionava, si altercava, ed un giorno in cui la disputa si faceva più viva a proposito delle armi, che io asserivo in Roma non esistere, egli la finì col turarmi la bocca gridando: — Taci tu, f.... d'un moderato (era l'epiteto d'obbligo cogli avversari), tu sei il più giovine di tutti e dovresti essere il più ardente a dire che le armi ci sono! Una risata solenne accolse quest'apostrofe. Oh se fosse bastato il dirlo! Se grande però era la fede dell'Andreuzzi nei mezzi posti a nostra disposizione, altrettanto feroce era l'ira sua contro i Romani. Egli non comprendeva perchè stessero inerti, attendendo che qualcuno importasse loro in casa la rivolta, e non la facessero da sè per iniziativa spontanea e per istinto erompente. Lo schiavo oppresso e generoso, esclamava egli, spezza da sè la catena che l'avvince e non attende certo chi gliela venga a sciogliere. A voler essere imparziali, si deve convenire che non avea tutti i torti. Il Governo, o dirò meglio la Polizia, che pur conosceva la esistenza di segreti complotti e la presenza di parecchi forestieri sospetti in città, pare fosse così sicura e tranquilla sul conto della popolazione da non prendere veruna misura preventiva. E la prova più chiara sta in ciò, che il papa stesso uscì a passeggio per la capitale un'ora prima soltanto che saltasse la caserma Serristori a S. Pietro. Si potrebbe ritenere fosse anche ignoranza di certi particolari della cospirazione, ma non lo credo. L'amico nostro però dimenticava nei suoi lagni una cosa, che cioè il fiore dei patriotti romani e tutto l'elemento liberale ed adatto per un'impresa come la nostra era tutto o nelle carceri o nell'esilio. I più illustri fra i superstiti del memorando 1849 stavano tutti fuori di Roma o in Italia od all'estero. In Roma, dunque, non rimaneva che il patriziato, ligio in massima parte alla Corte pontificia, colle innumerevoli sue aderenze ed il popolino minuto. Il terzo stato, l'elemento attivo e intelligente, non esisteva. Gli avvocati, gli ingegneri e i professionisti in genere presenti allora in Roma erano tutti o addetti alla Curia, alla Rota, al Consiglio fiscale, alla Consulta, alla Dateria, ai Ministeri, o medici di cardinali, del papa e di vescovi, o architetti di basiliche, ispettori di scavi, gente tutta che gramolava nella immensa greppia della Reverenda Camera Apostolica versante allora in ottime condizioni. Il popolino era quindi l'unico elemento sul quale poter contare per una sommossa nell'interno di Roma, ed a questa classe appunto appartenevano i falegnami, i cocchieri, gli abbacchiari, gli accaniti insomma che venivano tra noi a cospirare. Ma l'Andreuzzi queste ragioni non le inghiottiva. Un giorno in cui per il pranzo avevamo in prospettiva una grande maccheronata al sugo ed i compagni, come al solito, stavano giocando, d'un tratto entrò l'amico Augusto con piglio misterioso. — Che c'è di nuovo, Augusto? Ed egli abbassando la voce ed in istile di telegramma incominciava: Bande garibaldine scorazzano per campagna romana.... — Romani, proseguì imperterrito l'Andreuzzi continuando a giocare, con c... in mano, casa Giovanelli maccheroni al sugo!.... Per il momento quella infatti era la situazione!

V

Sempre in casa Giovanelli.

Il vicolo dei Quattro Cantoni era però un posto tutt'altro che sicuro per noi, perchè guardato dalla polizia. Infatti allo stesso pianerottolo dove noi abitavamo, anzi di fronte alla nostra porta, dimorava un precettato o, come oggi direbbesi, un ammonito. La notte, all'avemaria, doveva trovarsi in casa ed i gendarmi venivano ogni tanto a verificare. Bisogna credere che il Comitato ignorasse affatto questa circostanza, perchè altrimenti non avrebbe in alcun modo scusa per averci posti così in bocca al lupo. Noi stessi l'ignorammo per più giorni. Il Giovanelli non ce ne disse nulla ed anzi era fiero di poterci presentare quell'accanito. Ci fece scoprire la cosa un altro fatto che ora narrerò. Al piano terra della nostra casa abitava un tale di cui non ricordo nome e condizione, ma che dal vestito che indossava, pantaloni larghi alla francese ed una grande papalina rossa in testa, era dai vicini denominato il Turco. Come precisamente la pensasse costui non si sapeva; però dovea di certo essere uomo gioviale, perchè una bella sera gli venne il ticchio di voler dare una festa da ballo. Non saprei ricordare quali fossero gli invitati; bensì ricordo che l'orchestra era costituita da un'armonica e dalla chitarra di Pietruccio come accompagnamento. Quando il Turco venne a fare li patti con Pietruccio, ci si mise di mezzo il Giovanelli e sembrandogli che una tal festa potesse tornar pericolosa per noi, tentò di dissuaderlo. Fu come buttar olio sul fuoco. Il Turco fu irremovibile non solo, ma anzi dichiarò che il motivo per cui dava la festa era nè più nè meno perchè... eravamo alla vigilia di grandi avvenimenti. La festa ebbe luogo e per tutta quella notte non potemmo dormire. A parte lo strepito ed il baccano indiavolato che facean ballando con salti interpolati ad urli sì da sembrare una vera ridda infernale, noi si stava in grandi angustie per timore che quello strepito attirasse la polizia e che essa venisse, come difatti venne, a dare una capatina al secondo piano dall'amico precettato che ci abitava di fronte. Infatti, poco oltre la mezzanotte, si udirono dei passi sulle scale e si sentì pure lo strisciar d'una sciabola contro la nostra porta. Noi balzammo tutti di letto e ci buttammo nella camera delle donne, che erano scese alla festa. Afferrate le lenzuola, cominciammo febbrilmente ad annodarle fra loro per calare da una finestra e in pari tempo al Giovanelli si diede consegna, se bussassero, d'aprire il più tardi possibile, fingendo d'essere addormentato e di doversi vestire. Intanto chi radunava i vestiti, chi ricomponeva i letti, altri nascondeva biancheria, altri caricava una rivoltella. Fortunatamente non ne fu nulla. Cinque minuti dopo il Giovanelli ci avvisò che i gendarmi ridiscendevano le scale, com'eran venuti e noi respirammo. Di cotali scene ne accadevano spessissime fra i reclusi di quei giorni. In casa di certa madama Petrarca, ove la polizia andò a fare una perquisizione, alcuni amici che vi si trovavano, riuscirono a fuggire da una finestra, dimenticando nella stanza tutti i cappelli. L'on. Cucchi, capo della cospirazione d'allora, credo che di simili episodi potrebbe narrarne un volume e riuscirebbe certo interessantissimo. I giorni scorrevano così fra una emozione ed una risata. I compagni e gli amici che ci venivano a visitare, aumentavano di giorno in giorno. I futuri rivoluzionari e i capisquadra facean capo a noi per sapere notizie, e noi ne sapevamo assai meno di loro. Si inquietavano tutti per questa incertezza, per questi ritardi, e noi si cercava di tenerli buoni con bicchierate e con sigari. Questo sistema però, oltre ch'essere pericoloso con simil gente, la quale facilmente trasmoda e trasmodando chiacchiera, aveva finito anche col diventare rovinoso per le nostre finanze. Ogni giorno si facevano i conti di cassa; ma se il mangiare fra noi in comune poteva essere economia, non lo erano di certo il raddoppio di spesa portato dalla famiglia dell'ospite nostro e la gazzarra in permanenza a beneficio degli amici e dei patriotti nostri visitatori. S'aggiunga che la speranza di prossimi movimenti si dileguava ogni giorno più e che le discussioni sulla popolazione più o meno preparata, sulle armi pronte facevansi ognor più vive. Un giorno Augusto, quasi a riprova che di armi ce n'era in abbondanza, ci raccontava come egli spessissimo passava il Tevere a Ripetta su d'una barca, nella quale a prua stavano nascosti quattro fucili due sciabole e tre pistole. E ci narrava la cosa con tale serietà che sembrava ne volesse inferire che in ogni barca del Tevere vi fossero armi e che se l'armi c'erano perfin nelle barche, immaginarsi nelle case! Ma invece pur troppo la bisogna camminava ben altrimenti; e fu appunto in quei giorni che il povero Enrico, trovandosi in seno al Comitato, presenti il Cucchi e gli altri capi e discutendosi delle armi disponibili, si sentì dire che c'era in pronto qualche centinaio di picche! — Che diamine! esclamò egli esasperato, volete prendere Roma a suon di picche? perchè non la prenderemo allora colle vanghe o colle zappe? E fu da quell'istante che nel Cairoli surse l'idea d'importare le armi dal di fuori mediante apposita spedizione, che fu appunto la nostra. A questa dolorosa realtà, che cioè in Roma non c'era nulla e che le armi furono poi portate più tardi, ma pur troppo non arrivarono in tempo, non posso trattenermi dal contrapporre le notizie che in proposito fornisce la Civiltà Cattolica nel suo lepido scritto intitolato I crociati di S. Pietro (anno 1867, Vol. 6, 7, 8, 9, serie VII): «D'armi, traendone ragguaglio anche solo da quelle che vennero a mani del Governo Pontificio, si aveva il sufficiente: pistole, rivoltelle, specialmente della fabbrica di Brescia e ad uso della cavalleria (!), boccacci da masnadieri, rompicapi da cannibali, lame, coltelli a serramanico, stiletti, accette in gran numero e copia altresì di ordegni da scassinar porte. Di bombe orsiniane si possedevano veri monti: solo quelle destinate all'assalto del casino militare a detta d'un sicario erano trecentosessantaquattro. «L'arma prescelta per la pugna notturna era una scure in asta a due fendenti con in capo un pernio e un dente a molla onde infiggervi una lunga lama di pugnale. Ne furono rinvenute presso a un migliaio (forse eran queste le famose picche)». Più sotto soggiunge che tali armi si fabbricavano in Orvieto e ricordarsi anche il nome dell'infame artefice. E più sotto ancora: «il principal deposito di 600 scuri e 750 pugnali si rinvenne in via San Giovanni de' fiorentini, ove credesi approdassero opportunamente pel Tevere. Oltre a ciò sull'ultimo il Cucchi ottenne dal governo italiano un bell'ottocento fucili militari con baionetta, che dalla Spezia partirono sopra una tartana, ecc. ecc.» Questo scritto mi fa sovvenire d'un progetto ventilatosi in quei dì tra i capi dell'insurrezione e poscia scartato. Nel palazzo Wedekind in Piazza Colonna, ove ora ha sede l'Associazione della Stampa e un tempo c'erano gli uffici della Posta, avea allora stanza il Casino militare frequentato, specialmente la sera, dall'alta ufficialità dell'esercito pontificio. S'era progettato di tentare un colpo di mano su quel posto, impadronirsi d'un tratto dei capi del presidio, rizzare simultaneamente le barricate gettando lo scompiglio nella truppa che, priva o decimata de' suoi capi, male avrebbe potuto reprimere la rivolta. Non ricordo il motivo per cui fu abbandonato un tal progetto. Probabilmente sarà stata la mancanza di mezzi e più specialmente delle armi e delle trecentosessantaquattro bombe sognate dalla Civiltà Cattolica e dal suo sicario. Certo che se lo si fosse tentato, non poteva riuscire che ad una inutile carneficina. Il numero dei cospiratori in città andava intanto ogni giorno aumentando, ma pur troppo continuavano a difettare pur anco i mezzi. Un giorno l'amico Cella, il valoroso e gentile eroe del Caffaro, venne a trovarci e ci portò un altro suo amico e prode compagno d'armi della gloriosa schiera dei Mille. Era certo Erter di Venezia, che aveva avuto il suo battesimo di fuoco a Palermo lanciandosi all'assalto d'un pezzo d'artiglieria che molestava i nostri. Si trovava in Roma da parecchi giorni ed era rimasto senza quattrini. Ricorse all'amico Cella e questi, trovandosi in condizioni poco dissimili, lo condusse a noi perchè lo invitassimo a desinare. Fu ricevuto a braccia aperte e così i nostri luculliani desinari furono onorati della presenza d'un duodecimo commensale. Questo nuovo amico suonava pur esso la chitarra e cantava; non era però all'altezza di Pietruccio. Ci si intratteneva pure assai volentieri colle due figlie del Giovanelli, due buone ragazze (ora saranno matrone!) e tanto simpatiche. Si chiamavano Ghitina e Ginevra. La Ghitina, la sposa, ricordo che aveva un suo topolino bianco, cui prodigava molte cure ed affetto. Quella bestiolina alla sera specialmente formava il nostro spasso. Era domestica oltremodo, correva a prendere il cibo in mano e saliva dalle braccia sul collo e sulla testa della sua padroncina. Un giorno essa lo mise in camera sotto un cuscinetto ch'era su d'una sedia. Il topolino s'addormentò per davvero e la Chitina dimenticò d'avercelo collocato. Un'ora dopo, distratta e senza avvedersene, si mise a sedere su quel cuscino. Povera Ghitina! chi può ridire il suo dolore quando lo rinvenne soffocato? i suoi occhioni ridenti si sciolsero in grosse lagrime. L'aveva proprio ucciso lei, e con quale arma! Le distrette finanziarie crescendo ad ogni istante, fu stabilito di comune accordo che qualcuno di noi si recasse dal Cucchi a rappresentargli i nostri bisogni. Fu mandato infatti uno dei nostri assieme ad alcuno degli amici dell'Hôtel di Roma, che trovavansi in condizioni ancor peggiori delle nostre, avendo all'albergo un conto arretrato di parecchi giorni da saldare. Stava in quel momento il Cucchi discutendo con parecchi amici. Udito il motivo della visita dei nostri, domandò qual somma occorrerebbe loro per il tempo ancor probabile di permanenza in Roma e per saldare il debito di tutti cotesti (come chiamarli altrimenti?) spiantati. Gli fu risposto che occorrevano per lo meno mille e cinquecento lire. Il Cucchi arretrò sbigottito, ed uno dei presenti uscì in questa esclamazione: — Mille e cinquecento lire! ma non sapete che se avessimo una tal somma compreremmo tante armi? Questa risposta fu per noi una rivelazione. Io che nella nostra compagnia avrei dovuto essere il più ardente, giusta l'opinione dell'Andreuzzi, se prima ero sfiduciato, a quest'uscita rimasi addirittura avvilito. Come, esclamai fra me, non si hanno nemmeno mille e cinquecento lire disponibili e si pretende di fare una rivoluzione? una rivoluzione per la quale occorrono dei milioni e non delle migliaia di lire?.... Invano l'Andreuzzi tentava persuadermi. Non ne volevo sapere. D'altro canto si parlava giorno per giorno di Menotti Garibaldi che si avanzava ed era già entrato nel confine pontificio; le sue bande ingrossavano ed era imminente un fatto d'arme. Essendo discordi i pareri, fu deciso che ognuno riprendesse la sua libertà d'azione. Vincoli non ne avevamo. Eravamo partiti ad un unico scopo: la rivendicazione di Roma. A me ed al compagno mio parve che questa, coi mezzi che s'avevano alla mano, fosse addirittura un'ubbia. D'altro canto in campagna già i nostri fratelli marciavano; era imminente il momento di menare un po' le mani, e senz'altro decidemmo la nostra partenza. Infatti la sera di quello stesso giorno prendemmo il diretto per Terni. Gli altri amici rimasero in Roma; non ricordo di quali mezzi siano stati soccorsi o se sieno riusciti ad averne da casa. Essi furono il nucleo degli assalitori di Porta San Paolo e si trovarono poscia con gli altri al loro posto a Mentana. Alcuni di loro vi rimasero anzi prigionieri. All'atto del partire da Roma la polizia ritirava i passaporti dei forestieri per restituirli poi a Passo Corese. Già accennai che il mio compagno Muratti aveva il passaporto di un suo amico, il conte Giovanni Colloredo di Udine. Quando fummo a Corese, un commissario fece la chiama per la consegna dei passaporti; arrivato al nome di Colloredo, non gli venne risposto da alcuno, perchè Muratti in quell'istante stava occupato a rassettare il suo bagaglio e nella distrazione del momento aveva dimenticato il suo nuovo casato. — Colloredo! — chiamò di nuovo più ad alta voce il commissario, mentre io schiacciavo il piede e davo del gomito all'amico per richiamarlo: — Conte Giovanni Colloredo! — chiamò per la terza volta ed a chiara voce il commissario. — Eccolo! — rispose tosto rinfrancato il Muratti scrollando la testa con lieve sorriso sardonico che pareva dicesse: Chiami le persone coi loro dovuti titoli ed allora risponderanno. Il commissario capì il latino, si fe' rosso un pochino, levò il berretto ossequioso e consegnandogli il recapito mormorò: — Scusi tanto! Così partiamo trionfanti.

VI

Terni.

Arrivammo a Terni a notte inoltrata. Qui sapevamo che doveva trovarsi un nostro amico, Pietro Mosettig di Trieste, già proprietario, fino a pochi mesi or sono, del giornale Il Secolo XIX di Genova. Prendemmo stanza all'Hôtel della Regina d'Inghilterra. In questi ultimi anni fui a Terni parecchie volte; vidi la casa, ma l'albergo non esiste più. Proprietario ne era un giovane cortese, che per quei giorni e nel suo mestiere fu veramente benemerito. Si chiamava Cesare Melchiorri. Chi sa se vive ancora! La mattina dopo, il primo che incontrammo, fu appunto il Mosettig, cui narrammo le vicende della nostra dimora in Roma. Egli ci condusse tosto dal maggiore Caldesi che abitava all'albergo delle Colonne. Lo informammo per filo e per segno del poco che sapevamo, ma più specialmente della carestia d'armi e di quattrini del Comitato. Il buon Caldesi, da bravo romagnolo, non sapeva capacitarsi del perchè non si agisse subito e sopratutto non sapea darsi pace dell'avere noi abbandonato quel progetto d'assalire il Casino militare. Sembravagli che quello sarebbe stato un colpo da maestri. Riflettendoci ora, dopo trent'anni, si ha ragione di credere che sarebbe stato un colpo da pazzi. Caduti nella trappola, saremmo rimasti tutti scannati! Appena ora, che Terni è fatta centro di importantissime fabbriche industriali, come l'acciaieria, le ferriere e la fabbrica d'armi, potrebbesi in un giorno di festa immaginare l'animazione insolita e la vita che brillava nella piccola e gentile città dell'Umbria nel mese di ottobre del 1867. Ma ora le vie brulicano delle casacche e delle blouse di lavoratori e d'operai, allora invece brillavano di camicie e di berretti rossi e medaglie. Quanta varietà di tipi, d'età e di condizione! Ma tutti uniti, tutti concordi verso una sola meta! Ogni giorno ne arrivavano a frotte colla ferrovia, colle vetture, a piedi, a cavallo. Dal governo erano emanati ordini, contrordini, arresti, rilasci, la confusione babelica! Il Ministero Rattazzi, che voleva imitare la politica d'altro grand'uomo in consimile occasione, fingeva di reprimere e d'impedire, ma viceversa lasciava fare, quindi ire, battibecchi, dispetti. All'albergo d'Inghilterra, ove di solito pranzavasi a tavola rotonda, era un parlare chiaro ad alta voce dei proposti nostri, della doppiezza e della simulazione del governo, delle bande garibaldine, dei fatti di Menotti. Si strinsero amicizie e si fecero conoscenze carissime, in parte conservate, in parte dimenticate; fra tanti, ricordo i fratelli romani Nino e Carlo Castellani (quest'ultimo poscia bibliotecario alla Vittorio Emanuele e recentemente morto), Nino d'Andreis, romano pagano e Angelo Perozzi, romano spartano, il venerando Fabrizi, il gentile Delvecchio (quanti morti!) allora giovanissimo attaché del generale Garibaldi e poscia deputato intelligente, i garibaldini Pietrasanta, Nuvolari, Tabacchi, già deputato pur esso e buon amico sempre. Poi vennero il Valzania, il Sabatini, il Montefiore e da ultimo anche il Crispi. Quanta parte di costoro pur troppo ora è scomparsa! La somma delle cose e la direzione del movimento in Terni l'aveva il Fabrizi, ma l'anima di tutto, i lavoratori indefessi furono sempre gli indimenticabili amici Enrico e Giovanni Cairoli. Trovavansi in Roma da parecchio tempo e n'uscirono due o tre giorni dopo la nostra partenza. Noi li vedemmo arrivare una sera che ci trovavamo per caso alla stazione. Ravvisatili, chiedemmo loro il motivo del ritorno. Ci accennarono di tacere e quando fummo all'albergo, preso con loro il Mosettig, gli raccontarono come fosse stato arrestato Giovanni, come si fosse Enrico recato di persona alla polizia per reclamare la libertà del fratello e come dopo un fiero battibecco fra lui e monsignor Randi (allora direttore generale della polizia) fossero finalmente lasciati liberi entrambi colla condizione di sfrattare immediatamente da Roma.   Questo fatto sconcertava alquanto i loro piani, però si misero all'opera volonterosi anche in Terni. I volontari andavano moltiplicandosi a vista d'occhio e si cominciava a dividerli per battaglioni e per compagnie, assegnando a ciascun corpo dei graduati fra quelli che già lo erano nelle passate campagne. Non si può negare che nella campagna romana del 1867 non vi sia stato un abuso enorme di autopromozioni, le quali non contribuirono che a creare maggior confusione. Chi era tenente diventò ipso facto capitano, chi capitano si fece maggiore, i maggiori divennero colonnelli; e siccome di camicie e distintivi chi n'aveva n'aveva e chi non ne aveva ne facea senza, così la cosa finiva quasi in burletta e veniva a mancare quel rispetto che tiene e dee tenere anche il volontario in soggezione al suo superiore, riconosciuto appunto dall'esteriorità dei distintivi. Però vi furono anche in ciò delle brave eccezioni. Una mattina, scendendo dall'albergo vedemmo tutto il portico stipato di gente. Erano in gran parte pezzenti. — Che fate qui? chiesi ad uno di loro. — Veniamo ad arruolarci con Garibaldi, mi rispose. — E chi è che arruola? — Quel signore là, e m'accennò infatti uno che scriveva dei nomi e dispensava quattrini. Immediatamente ne avvisammo Enrico. Scese e verificato il fatto, n'avvertì il Caldesi ed insieme penetrati nell'ufficio riconobbero gli arruolatori. Erano ex-ufficiali dell'esercito, il maggiore Ghirelli ed i capitani Gigli e Gulmanelli. Non comprendevasi però allora quale necessità vi fosse d'arruolamenti speciali, mentre tutti ci calcolavamo arruolati, nè sapevasi spiegare la dispensa di quei quattrini, mentre da parte nostra tanto se ne difettava. Più tardi il mistero non fu più tale: il Ghirelli arruolava coi danari del governo, ma voleva agire indipendentemente dai comandi dei Fabrizi e di Menotti Garibaldi. Più d'uno fu preso alla pania, credendo sempre d'arruolarsi con Garibaldi, ed io ricorderò fin che vivo la contentezza del povero dottor Adamo Ferraris (morto a Digione) quando, da noi avvertito del fatto, potè in qualche modo levarsi dall'impegno che aveva preso colla legione romana. Mentre in Terni c'era tanta libertà d'opinione, nelle altre città d'Italia continuavano gli arresti e le vessazioni. Anche in Terni però ci doveano essere degli spioni, ed il curioso si è che questi erano sorvegliati da quelle stesse guardie e da quei carabinieri che pedinavano i garibaldini. Un giorno a pranzo, presente il solito circolo d'amici, avemmo una fiera disputa con un signore sconosciuto, il quale osò apertamente biasimarci perchè, penetrati in Roma, n'eravamo poi usciti. Noi gli chiedemmo come avrebbe fatto a vivere senza mezzi e se per vivere colà intendeva che ci dessimo a rubare. Ei ribattè che c'erano dentro ancora il Cucchi ed altri molti, e quelli di certo non rubavano. Noi replicammo inviperiti; la cosa minacciava di farsi seria. I signori Castellani, Perozzi, D'Andreis ed altri si misero di mezzo e fecero tacere ed anche vergognare quell'uggioso. Levata la mensa, per quanto chiedessi all'albergatore e ad altri chi egli fosse, non mi venne fatto di saperlo. Ma quel medesimo giorno noi ci eravamo recati alla stazione ad incontrare un amico che doveva arrivare: non trovando nessuno, eravamo sul punto di ritornare, quando una guardia di pubblica sicurezza mi chiese d'improvviso: — D'onde viene il signore? — Da Terni. — Ma ella non è di Terni. — E che fa questo? — M'occorre vedere le sue carte. — Che carte? gridai io. — Ma sì certamente, replicò il questurino. — Ella è un ignorante che non sa quello che dice, apostrofò uno de' miei compagni. — Un imbecille, aggiunsi io. — Che non sa con chi tratta e come dee condursi con certe persone, ribadì un altro. Fosse l'effetto di quest'ultima frase che potea lasciare sospetto alla guardia d'aver preso un grosso granchio chiedendo le carte Dio sa a chi, o fosse l'effetto della violenza con cui l'investimmo e del trovarsi solo contro tre o quattro, il fatto è certo e lo ricordo bene, che la guardia si morse le labbra e tacque come se le avessero gettato un secchio d'acqua in capo, mentre io m'aspettavo di vedermi legato! Rientrati in Terni verso sera venimmo a sapere che quel signore col quale a pranzo avevamo litigato, si diceva fosse una spia del governo pontificio. Non ci volle altro. Ci mettemmo sulle sue traccie. Era ora tarda. Però ci venne fatto di scoprire il suo luogo d'abitazione e speravamo coglierlo nel covo. Ma il merlo aveva già preso il volo e la padrona di casa ci disse che v'era stato pochi momenti prima un brigadiere di pubblica sicurezza con una guardia a ricercarlo. Dai connotati fornitici ravvisammo nella guardia quella stessa che alla stazione aveva chiesto le carte a me. Sarebbe stata graziosa davvero! Dopo essere sfuggiti alla polizia pontificia in Roma, venire nel regno a farsi ingabbiare quale spia papalina! Le bande partivano una dopo l'altra da Terni e fra esse partì pure la famigerata legione romana comandata dal Ghirelli, la quale, dopo la eroica impresa del taglio della ferrovia ad Orte, si squagliò come la neve, e parte dei militi raggiunsero Menotti, parte anche ritornarono alle loro case. Pochi più rimanevano a Terni. I capi in gran parte erano partiti e fra loro anche Enrico. Dove fosse andato nol sapevamo. La sua assenza però ci inquietava. Si era promesso di partire con lui, gli altri già tutti erano in movimento, e noi soli si attendeva irrequieti. In quei giorni avemmo notizia dell'arresto di Luigi Castellazzo da parte della polizia pontificia, e la nuova ce la portò quel Serafino falegname, frequentatore di casa Giovanelli, il quale pure, impaziente di fare le fucilate, era uscito da Roma e, se ben ricordo, partì tosto con la colonna Frigyesi. Mentre si stava così penosamente attendendo, Giovannino ci fece un giorno vedere le rivoltelle provvedute espressamente per noi e che fra breve ci sarebbero state distribuite. Fu come mostrare a dei bimbi gli zuccherini con la promessa di regalarli loro se fossero savi. Infatti per quei due o tre giorni stemmo alquanto tranquilli. Intanto ci furono distribuite delle coperte. Credo provenissero dal magazzino militare. A proposito del Governo che non c'entrava! Comprendevamo però che la nostra colonna era destinata ad una impresa speciale di cui ancora non si conoscevano i dettagli, ma che si lasciava travedere come un colpo di mano sulla capitale, addirittura un'entrata in Roma. Qui trovan posto opportuno due lettere scambiatesi in quegli ultimi giorni febrili fra i due fratelli. La prima è d'Enrico, scritta da Orte, ove era andato per concertare la spedizione; la seconda è di Giovannino in risposta all'altra. Ambedue riassumono e dipingono la situazione. Ne ebbi in mano gli originali, favoritimi da un amico, e baciai e ribaciai più volte quei cari e preziosi documenti. Non era feticismo: in quelle due carte sgualcite riviveva per me serena la memoria dei due cari amici, delle vicende passate, delle trepidazioni incancellabili di quei giorni. Ecco le lettere: Stazione d'Orte, ore 12 meridiane. Caro Giovannino, «Ti scrivo poche righe a precipizio. «Alla stazione d'Orte, come sai, vi è Ghirelli, ebbene, il treno fu fermato ed i viaggiatori saranno rimandati a Terni... Io credo prematura l'operazione. Volevano rompere le rotaie, ma io l'impedii e Ghirelli mi promise di riattivare le corse in quel giorno o durante quel tempo che ne avremo bisogno. «Vedrai il proclama che mandiamo a Fabrizi! Quel buffone d'un Mistrali, ch'è qui vicino e che mi fa le scuse perchè mi era dietro mentre scrivevo, dicendomi che fu storditaggine, mi colma di gentilezze, ma se lo vedessi ti farebbe schifo (sic); sembra più di un dittatore! più dello stesso Ghirelli che s'intitola Commissario Straordinario del Governo Provvisorio. «Mi fu messa a disposizione una macchina per proseguire fino a Passo Corese; spero il governo italiano mi lascerà ritornare, se no verrò con una vettura. Spero pure che a Borghetto non ci saranno più i papalini, perchè diversamente mi accalappierebbero come un merlo. «Comunica il fatto a Fabrizi. Sarei ritornato a Terni se, come sai, la missione che ho non fosse urgente sbrigarla; temo però che il precipitare non ci abbia guastate le uova nel paniere. Ghirelli del resto mi fece le più ampie assicurazioni che starà in relazione con Menotti a cui già mandò rapporto dell'operato. Occhi aperti però e pronti a frenarlo! «Ti scriverei ancora, ma la macchina è già lesta; procurerò di tornar subito, ciò poi dipende interamente dalle circostanze. «Saluta gli amici. Pei prossimi preparativi, se avremo chiusa questa via, ne troveremo un'altra. «Abbiti un bacionone   dal tuo ENRICO». Questa lettera porta la soprascritta: «Egregio Signore — Il Sig. Capitano Giovanni Cairoli — Albergo d'Inghilterra, alloggiato al N. 4 e 5 — S. P. M. — Terni.» Ecco ora la risposta di Giovannino: «Mio Enrico,   «Terni, 19 ottobre 1867. «Scrivo in lapis per far presto. L'impazienza è febbrile; non dico la mia, che ti lascio immaginare; parlo della generale, di quella comune a tutti i bravi giovinotti destinati ad esserci compagni. È impazienza però tenuta a bada dalla disciplina che l'abitudine d'altre campagne ha loro infuso nelle vene e dalla molta confidenza in te. Devi ammettere che certamente questa deve essere in buona dose perchè sì brava e generosa gioventù subisca con rassegnazione, con quiete, la lanterna magica delle colonne partenti di qui ogni giorno. «Come poi devi imaginare, le notizie delle strette in cui si trova la colonna di Menotti, aumentano l'agitazione. Ti ripeto, però, dovrò attendere le notizie con mediocre rassegnazione. Tu ritieni che Checco [Cucchi] debba aspettare qualche giorno specialmente per questo incaglio avvenuto alla spedizione della roba dal bel colpo di Orte e, come puoi comprendere, sono perfettamente del tuo parere. Peccato non lo sieno gli amici di Firenze, i quali solo per tre quarti si lasciarono persuadere dalle nostre ragioni; tre quarti già molto vacillanti per le incalzanti notizie diplomatiche. Ma ciò saprai perfettamente dal deputato Crispi. Ti avviso solo che si ritiene sicura la spedizione francese. Questa mi parrebbe ragione di più per non precipitare le cose, chè un aborto di rivoluzione, una battuta dai papalini sarebbe ben infelice principio d'una campagna Gallica. Di ciò, ti ripeto, parmi non sien perfettamente persuasi gli amici di Firenze. «Dessi incalzano Checco continuamente; onde temo che questi si decida ad un colpo disperato. Ciò tu avrai subito mezzo di conoscere dalle risposte romane che attendi. Sul dubbio fortissimo di ciò, io credo intanto di farti una proposta che serva ad agevolare o meglio ad affrettare l'entrata in azione dei nostri sessantaquattro. Giudica e rispondi in tutta fretta; se puoi, col telegrafo. Sono tanto più spinto ad esporti questa mia proposta, chè temo non possa arrivare stasera e neppure di buon mattino domani, e, per Dio, si è sulle spine! «Ma ecco la proposta. Partire noi tutti alla tua volta sotto gli ordini di Tabacchi; arrivati a te, tu combinerai la spedizione ed organizzerai una [banda?] a seconda della convenienza dipendente dalle risposte di Roma. «Io ritengo che accettando questa idea, vi sarebbe in ogni caso da guadagnar tempo; con la formazione della banda è cosa evidente; per quello della spedizione, son pure del parere, pensando si sia più prossimi ad aver mezzi ed alla strada convenuta (con Checco) costì dove tu sei, anzichè qui in questa fornace. Tu pondera e risolvi. La risoluzione raccomando caldamente siami comunicata a vapore. Certamente sarai già in comunicazione col signor Carlo Ferri romano, proprietario (credo) di campagne presso Roma e perciò pratico delle strade; tale, cioè, da poter dare informazioni per noi preziose. Così mi disse il signor De Andreis, solo romano che forse conosca. «Addio. Ti ripeto: mi trovo, ci troviamo sui carboni accesi. Mille cose a Menotti ed agli altri amici. Ti abbraccio caldamente. «GIOVANNINO». «P.S. Arrivò in questo istante dispaccio di Ghirelli in cui annuncia d'obbedire all'ordine del generale Fabrizi di portarsi verso Menotti, d'obbedire protestando». Questi due documenti rivelano chiaramente come fino all'ultimo istante l'impresa nostra non fosse nè ben decisa nè ben definita e che non vi era una piena armonia di idee tra il comitato di Firenze, quello di Roma ed i capi spedizione di Terni. Individualmente delinea in modo stupendo il carattere dei due giovani eroi, l'uno ardito, fremente, che va dritto alla mèta colla sicurezza dell'animo invitto, che chiama le cose col loro nome senza ambagi, che qualifica persone e fatti con quello stesso colpo d'occhio sicuro con cui la sua mano investiva il nemico; l'altro giovine, impaziente ed ansioso di gloria, che però ama riflettere sulle circostanze per volgerle al conseguimento migliore dell'alto ideale che lo sorregge: l'uno già provato ai duri cimenti, l'altro ansiosissimo di tentarli; ardito ed imperterrito l'uno, serio e gentile l'altro; eroi entrambi indimenticabili al cuore di chi li conobbe e li amò nella troppo breve loro vita.

VII

In marcia.

A Terni ci erano stati mandati da casa i quattrini di cui abbisognavamo, e così potemmo dare un po' d'assetto anche al nostro abbigliamento. A me era indispensabile sopra tutto mutar copricapo, giacchè quel maledetto gibus combinato collo stifelius nero m'aveva ormai reso la tavola di tutta Terni. Combinai ogni cosa provvedendomi d'un caschettino ungherese che mi venne dato come impermeabile all'acqua, perchè spalmato d'una specie di catrame. Lo era infatti anche troppo, perchè durante la marcia sotto gli acquazzoni raccoglieva entro l'ala rimboccata all'insù l'acqua come entro una vaschetta, ed ogni tanto dovevo levarmelo per vuotarlo. Mutai pure di calzatura sostituendo agli stivalini verniciati un paio di scarponi. Io credetti far meglio prendendoli comodi e ne portai poi la pena nei giorni seguenti, perchè marciando m'impiagarono le piante dei piedi. La mattina del 20 si seppe ch'era ritornato Enrico e che probabilmente la sera si sarebbe partiti. Tutto quel giorno fu speso nell'equipaggiarci alla meglio cercando colle coperte di supplire alla mancanza di zaino ed adattandovi dentro quanto ci poteva occorrere per viaggio. Vi fu chi si provvide dell'indispensabile borraccia, altri si fabbricò il tascapane, ciascuno pensò per sè senz'aiuto nè di capi nè di comitati. La sera alle sette tutti dovevamo trovarci nella casa del sig. Frattini, egregio patriota di Terni. Non uno mancò. Amici ed avversari narrarono che cento erano stati i designati per la spedizione, ma che poi si ritenne conveniente limitarne il numero. Questo particolare non ricordo. Ma Giovannino Cairoli nel suo libretto La spedizione dei Monti Parioli dice invece che il numero dei componenti la banda fu fissato a sessanta, corrispondente al numero dei revolvers che si avevano a disposizione, e che in appresso la banda s'aumentò d'una quindicina. Benchè s'andasse incontro non solo all'ignoto, ma ad un ignoto di probabilità ben terribile, pure tutti in quel giorno si era allegri e contenti. La sera al crepuscolo la musica suonava la ritirata sulla piazza di Terni e ritornando alla caserma intonava la canzone: Andremo a Roma Santa! tutti facevan coro cantando con entusiasmo. Poco dopo si era tutti pronti all'appuntamento: fu allora il momento in cui ci si potè riconoscere e numerare, e divenimmo tutti amici all'istante. Il nome di ognuno di noi rimase scolpito nella memoria e nei cuori di tutti gli altri: le fisonomie, il tempo o la morte le hanno in gran parte pur troppo cancellate. Venne fatta la distribuzione delle rivoltelle e ciascuno s'adattò la propria alla cintura. Poscia Enrico, intimato silenzio, disse: — Prima di partire debbo dirvi due parole. Noi partiamo per una impresa, più che arrischiata, disperata. Una volta entrati nel confine, tenetelo bene a mente, non si torna più indietro. Ma ricordatevi pure che sulla vostra vita non dovete contar più nulla. Perciò, se alcuno di voi fosse indisposto o ritenesse opportuno cambiar pensiero, m'avverta; ciò non sarà un disonore; egli potrà far parte d'altri corpi e lo saluteremo con un arrivederci a Roma. C'è alcuno che vuol rimanere? — No, si gridò tutti unanimi. — Ebbene, vi avverto che ci toccheranno stenti, privazioni d'ogni sorta, dovremo marciare continuamente, forse non avremo di che nutrirci: non fa nulla, divideremo il tozzo assieme. Se io mi lamenterò, se mostrerò d'aver paura, se mi vedrete indietreggiare, datemi una revolverata nella testa; ma se alcuno di voi lo troverò vile, farò lo stesso con lui. Un urrà di applausi accolse questa breve arringa, della quale volli recare il testo nella sua soldatesca semplicità, quale io lo ricordo a mente preciso da trent'anni ad ora e quale mi rimase e rimarrà scolpito nella memoria finchè avrò fiato. E la gentile anima di Giovannino mi perdoni se delle parole del valoroso suo fratello io pubblico una lezione un po' diversa da quella ch'ei ci lasciò e che figura pure scolpita sulla base del monumento al Pincio. Il senso è perfettamente lo stesso, ma egli volle forse ingentilire la forma; io voglio invece evocare un ricordo, quale mi sta in mente e nel cuore da tanti anni e che non potrei mutare di una parola. Se io avessi a dire da qual porta di Terni si uscì, direi bugia. Era buio e si camminava con molta circospezione; fuori di Terni si trovò un omnibus destinato, non saprei se quale ambulanza o qual riposo per turno a chi si sentiva stanco. Probabilmente siccome la nostra marcia, nel timore che il nostro obbiettivo ci mancasse in causa della rottura della ferrovia di Orte perpetrata dal Ghirelli, doveva essere di molto accelerata, forse quell'omnibus fu cautela molto prudente perchè nessuno rimanesse addietro. Ma l'uomo propone e Dio dispone. L'omnibus ci precedette e noi marciammo dietro a due o a quattro, secondo che la strada permetteva. Si procedette per alquante ore con passo cadenzato e con sufficiente buon umore: dopo, il chiacchierìo cominciò a farsi più rado ed il passo si fe' più lento ed irregolare. Enrico camminava, anzi correva da un capo all'altro della colonna e incoraggiava con dei: Bravi! bravi! così va bene! Ogni mezz'ora circa l'omnibus si fermava per dare il cambio e sull'ultimo della marcia era preso d'assalto con furore; a tal punto che finalmente una ruota si fracassò, e così il primo a rimanere addietro fu il veicolo dell'ambulanza; le prime marcie infatti sono terribili e ben pochi resistono al dolore acuto delle piante ed al rodimento prodotto dalla calzatura, specialmente se bagnata. La prima tappa che si fece fu a Configni: era notte buia e non si distingueva se fosse un paesetto od un semplice casolare. La sosta fu brevissima. Rimessici in cammino all'alba, si cominciò a distinguere la strada che si batteva. Ora si camminava lungo la costa d'una collina, ora si scendeva in una vallata, sempre si aprivano nuovi prospetti, nuove gole, nuove colline, ma l'aspetto del luogo complessivamente era tetro e selvaggio. Rarissima qualche casa, la più gran parte boschi e prati. Segni di coltivazione scarsissimi: comprendevo allora il brigantaggio. Un'acquerugiola fredda e sottile come nebbia ci penetrava fin all'ossa l'alba del 21; finalmente dopo ore ed ore di cammino senza l'incontro d'anima viva, ad una risvolta c'imbattemmo d'un tratto in un carrozza tirata da due cavalli. La vettura sostò e sostammo noi pure per circa un'ora. Enrico e Giovanni s'intrattennero a parlare col forastiero ch'era in vettura, ed intanto noi ci sparpagliammo lungo un torrente e sdraiatici sui sassi, cercammo un momento di sonno che fu molto breve, troppo breve. Pioveva, e per non bagnarci e star caldi ci sdraiammo a terra in gruppi di cinque o sei, tutti colle teste in un punto e colle gambe all'infuori come una stella. Sulle teste si buttò una coperta. Nulla si seppe di quel che i capi si dissero. Quando la carrozza parti io chiesi ad uno dei miei compagni: — Chi è quel signore? — È il principe di Piombino, mi rispose. — Davvero?... — Sì, mi confermò un altro, è un principe liberale, è dei nostri. Ora soltanto dopo tanti anni apprendo dall'opuscolo di Giovannino che egli era il sig. Luigi Cucchi ora deputato e fratello all'onorevole senatore Francesco. Io non lo impugno certamente, ma per me quel signore è e sarà sempre il principe di Piombino: il mio ricordo è tale; nè io mi proposi di scrivere della storia ma solo di narrar ricordi ed impressioni. Tanto al principe che all'on. Cucchi chieggo scusa dello scambio. Al postutto cospiratori e principi non è detto che siano sempre stati in antitesi. Verso il mezzogiorno circa s'arrivò a Cantalupo. Era un paese di costruzione singolare: un perfetto rettangolo con una piazza nel mezzo e due porte ai due lati minori. Sembrava il cortile interno d'un palazzo o d'un convento. In tempo antico doveva essere una sola proprietà, forse un castello. Quivi si sostò e più ancora che a rifocillarci, si pensò a riposare. Fu allora che un compagno mi giocò un tiro atroce. Mi ero con somma cura composto un giaciglio di paglia nell'angolo d'una stanza e gustavo già sovr'esso i primi momenti d'un sonno profondo e riparatore, allorchè costui che tornava allora dal rapporto del comandante, invidiandomi tanta felicità, mi chiamò ad alta voce scuotendomi. — Che vuoi? gli chiesi tutto indolenzito e rabbioso. — Il comandante ti vuole! — Chi? — Il comandante Enrico ti vuole. — Me? — Te, sì, e fai presto che t'aspetta. Balzai in piedi e barcollando andai dal comandante che stava dalla parte opposta del paese. Enrico non si era mai sognato di domandare di me e quando ritornai scornato per la burletta, trovai l'amico sdraiato sul mio giaciglio che russava placidamente. L'avrei preso a pedate! A Cantalupo era passata poco prima una colonna di garibaldini. La nostra quindi al suo arrivo trovò, in fatto di cibarie, poco meno che tabula rasa. Nondimeno approfittammo largamente di un bettolino di liquori e parte al bettolino, parte nelle case, ognuno trovò di che ristorarsi. L'amico Tabacchi, pochi anni or sono, mi ricordava il suo desinare di Cantalupo in casa di uno di quei terrazzani e come l'appetito eccellente gli fosse ottima salsa alle povere vivande. Parecchi anni di poi, il collegio di Mirandola mandò, e meritamente, il Tabacchi a sedere a Montecitorio. Chi primo si ricordò di lui e suppose d'avere un valido appoggio presso il Governo, non furon già gli elettori, fu l'anfitrione di Cantalupo, il quale gli diresse una lettera pregandolo perchè gli ottenesse dal Governo un sussidio per restaurare la cadente sua casa, quella casa che nel 1867 aveva avuto l'onore di ospitarlo. Ecco un nuovo patriota che per il paese aveva sacrificato.... un desinare; e in benemerenza domandava una casa! Almeno costui era ingenuo nel chiedere! Quanti anfitrioni di Cantalupo non vi furono invece astuti nell'ottenere, e forse con meriti ancor minori dell'olocausto d'un desinare! Alle tre pomeridiane fummo chiamati a raccolta in una chiesa, ove ci venne distribuita una lira a testa. Fu quello l'unico danaro che io percepii nella piccola campagna; e quando più tardi, nell'ospedale di Santo Spirito a Roma, un prete mi compassionava dicendomi: — Povero figliolo, che colpa ne avete voi? Vi han dato in mano un fucile, vi han mostrato i baiocchi, e voi siete venuto avanti — gli chiesi quanto percepiva egli dalla celebrazione di una messa. — Due lire, mi rispose. — Vede? gli replicai. Io fui ben più discreto di Lei. Per mezz'ora di tempo impiegato in preghiere Ella prende due lire, io per giocarmi la vita, non ne ebbi che una. Schieratici alla meglio nella chiesa, Enrico diede ordine al signor De Verneda di leggere il seguente ordine del giorno che, mentre ribadiva nella stessa forma i concetti del discorso tenutoci il giorno innanzi, provvedeva all'organizzazione del nostro piccolo esercito. Eccolo: «Amici! «È prossima l'ora nella quale ci bisognerà provare che noi sappiamo operare. Per riuscire dobbiamo essere ordinati, cioè dobbiamo cercare di essere in condizioni tali da permettere la maggior concentrazione e la maggiore dilatazione delle nostre forze a seconda del terreno che dovremo attraversare. Perciò ho stabilito che la nostra piccola banda si ordini nel modo seguente: «Un comandante, Enrico Cairoli; un aiutante, Ermenegildo De Verneda; un furiere, Giusto Muratti; tre comandanti di sezione: sezione 1ª, Giovanni Tabacchi; sezione 2ª, Cesare Isacchi; sezione 3ª, Giovanni Cairoli. Ogni sezione comprenderà cinque squadre, ciascuna composta di quattro uomini e di un capo. «Amici, ancora una volta è mio dovere ricordarvi che l'impresa è difficile, più che arrischiata, disperata. So il vostro valore. Non parlerò a voi del pericolo, della stanchezza estrema che avremo a patire. Ma se qualcuno di voi, per circostanze indipendenti dalla sua volontà, non intende seguirci, lo dichiari francamente, tanto più ch'egli avrebbe il rimorso di recar danno al nostro tentativo. Chiunque è indisposto o avesse malati i piedi è obbligato a non celarsi, perchè guai a lui se persistendo la sua indisposizione si aggravasse, quando saremo sopra altro terreno. Bisogna che egli scelga un cammino diverso, e noi lo saluteremo dicendogli: Arrivederci a Roma! «Alle quattro si marcia. Il signor Stragliati è addetto ai carri». Quest'ordine del giorno Enrico l'aveva concertato coi capi sezione e scritto mentre noi si riposava. Si riprese la marcia. I quattro uomini che col rispettivo caporale costituivano ogni singola squadra erano numerati: dopo il capo squadra veniva il numero uno, poi il numero due, il tre, il quattro, numeri che costituivano, per così dire, l'anzianità nel comando. I capi squadra avevano per unico distintivo un fischietto, che doveva servire ai segnali. Non so quanto realmente in atto esso abbia servito. La marcia fu rapidissima, benchè molestata dalla pioggia; fu aiutata però da taluni veicoli ed anche da qualche cavalcatura. Il tutto assieme era molto bizzarro: marcia rapida a passo di carica, parte a piedi, parte in carretto, parte a cavallo, alcuni in giacca, altri in cappotto, altri in pastrano, chi col bonnetto, chi col cappello! A notte inoltrata si era a Ponte Sfondato, che credo fosse un cascinale isolato. Lì trovammo dei militari nostri e poco mancò non li attaccassimo, ritenendo che vi fossero per arrestarci. Ma poi si riconobbe che si trattava di un distaccamento il quale non aveva alcun ordine in proposito. Anzi l'ufficiale che lo comandava fu con noi gentilissimo. Il malanno più grave diventò allora per noi quello dei viveri. Trovandovisi già accampata la truppa, ben poco vi si rinvenne da ristorarci; ed al banco del misero botteghino che c'era, fu una ressa indiavolata a chi arrivava primo. Ma con gli spintoni e le gomitate sangue da un muro non si cava di certo, e il botteghino in poco più di due ore fu letteralmente depredato, senza che perciò il nostro appetito fosse sazio. Ci minacciava davvero la sorte del Conte Ugolino a due passi dal confine, quando un lampo di genio di uno di noi venne in soccorso a tutti. In quella bettola ci restava ancora in un angolo un mezzo sacco di riso. Rimboccate le maniche e fatto grembiale d'una tovaglia, il compagno nostro si mise a far da cuoco e in men di mezz'ora l'intera colonna faceva onore ad un risotto improvvisato che per la circostanza e per l'appetito restò fra noi memorabile. A Ponte Sfondato si potè riposare un po' meglio che a Cantalupo. La mattina si marciò per Passo Corese. In vicinanza del confine si fece alt, e si passò il ponte della ferrovia alla spicciolata fino ad un casolare isolato che pareva servisse ad uso di stalla. Ma prima d'attraversare il ponte Giovannino schierò la sua sezione (alla quale io pure appartenevo) davanti a sè e volle farle la sua parlatina, che riferisco pur essa nella sua originalità: «Amici, entriamo ora nel territorio nemico e speriamo che questa giornata sia per essere a noi fortunata e gloriosa. Io desidero che noi ci trattiamo tutti come fratelli, e però permettete che fin d'ora io dia a voi del tu, e vi prego di fare anche voi lo stesso con me. «A qualunque evento si vada incontro e qualunque cosa possa accadere, voi sapete che delle disgrazie saranno inevitabili. Ma siccome il buon ordine vuol essere sempre mantenuto in qualsiasi frangente, ricordatevi che restando ammazzato (disse proprio così) o ferito alcuno dei capi, prende il comando quello che immediatamente per numero gli vien dopo. Quindi, se restassi ammazzato io, prenderà il comando della sezione il capo della prima squadra e capo di questa resterà il numero due; se resta ucciso il numero due, comanderà il numero tre e così via per ogni squadra». Sono le sue precise parole e furono dette da lui colla massima calma e colla dolcezza di voce sua abituale, sicchè mi fecero forte impressione. Questo parlare della propria morte e di quella dei compagni con tanta serenità e calma, come se si trattasse di un ordine da darsi per una partita di caccia, e il parlarne come di cosa imminente e che forse poteva accadere in quel giorno stesso, mi mise in corpo un lieve tremito che potea dirsi anche paura. È inutile dissimularlo! Un uomo è uomo, e sono ben pochi che abbiano il coraggio volgarmente detto del sangue freddo. Chi non fu mai esposto al fuoco, se ha, lontano dal pericolo, il coraggio a parole, quando s'avvicina al fatto e quando è al fatto stesso, prova nel primo momento un senso istintivo di terrore che lo invade tutto. I primi colpi di fuoco sono sempre terribili e sono quelli che provano i coraggiosi ed i vigliacchi. Dopo, nel furore della mischia, anche un vile può avere il suo pazzo coraggio; ma è nella resistenza alla prima impressione che sta la vera prova. L'istinto non si distrugge, e però chi prova terrore al fuoco e vi sta esposto inchiodatovi dal sentimento del dovere, quegli è un eroe. Chi si ubbriaca d'esaltazione, gridando e smaniando, è come colui che si alcoolizza per prender forza. Le battaglie si vincono più con la resistenza passiva che col furore dello attacco. Giunti che fummo allo stallaggio o casolare di Passo Corese, s'andò tutti a finire nelle mangiatoie, cercando di rifarci là dentro degli arretrati del sonno. Ma anche qui io fui sfortunato più ancora che a Cantalupo. D'improvviso il comandante chiamò il furiere e gli ordinò che prendesse le sue disposizioni, perchè erano giunti trecento fucili, e si doveano scaricare e portare, con le relative munizioni, in una barca. Non ricordo quali disposizioni il furiere prendesse; ricordo bensì che una delle prime sue vittime fui propriamente io. Non me ne lagnai però. Avevo preso a fare religiosamente il mio dovere, ed anzi rammento ancora con un po' d'orgoglio che di nessuno dei mezzi di trasporto che avevamo a nostra disposizione lungo la marcia, io volli mai approfittare! D'altronde ero il più giovane: era troppo giusto che cedessi i comodi ai più anziani d'età. Confesso però che la fatica di quel trasporto mi riuscì penosissima. I fucili si portavano a fasci di quattro o cinque con la baionetta rivolta all'in giù. Pioveva nuovamente, e l'acqua mi penetrava fin nelle midolla attraverso il logorato mio stifelius d'estate. In terra c'era una mota argillosa appicciaticcia, che rendeva fastidiosamente faticoso il camminare. La fretta, il peso dei fucili che male stavano uniti assieme e sfasciandosi e cadendo colle baionette sfregiavano le mani, il cammino malagevole oltremodo, formavano un insieme di tali difficoltà, che mi facevano sudare goccioloni caldi, mentre la pioggia mi agghiacciava e mi attaccava i panni alla pelle. In vita mia non credo di aver sopportato mai fatica più ingrata. Mentre si eseguiva tale operazione e la pioggia continuava a flagellarci, m'avvidi nel rimettere i fucili al battelliere che sull'opposta riva del fiume era accorsa gente la quale riparata da ombrelli stava spiando quello che noi facevamo. Incontanente al mio ritorno ne feci avvertito Enrico il quale accorse a vedere. Ma quando egli arrivò sul posto, erano tutti spariti. Che costoro abbiano contribuito a far abortire il nostro tentativo avvisando il comandante del presidio di Roma?... chi lo può sapere? È però certo che l'indomani il capitano Cialdi dell'esercito pontificio ordinava di spazzar via tutte le barche del fiume a monte di Roma. La barca nella quale collocammo i nostri fucili era un ampio barcone di quelli che portano legna da fuoco in Roma. I fucili furono allogati nella stiva stessa e in parte fra le cataste della legna. Di sommo aiuto in quest'opera d'imbarco ci furono Angelo Perozzi, già conosciuto a Terni e nostro compagno d'armi, e il ricevitore doganale Buglielli, romano, che rividi tre anni di poi a Napoli. Allora mi confessò che quando ci vide partire, egli, che conosceva i concerti e le intelligenze prese con Roma, guardò trepidante l'orologio e battendosi la fronte esclamò addolorato: «Dio faccia che arrivino in tempo, ma temo che sia oramai troppo tardi!» E s'apponeva al vero!

VIII.

Il Tevere.

Il fiume classico, il fiume della storia e della poesia ci accolse nel suo seno. Il barcone che ci conteneva era seguito da altre due barchette nelle quali furono collocate due squadre comandate dal Fabris e dallo Stragliati. Quest'ultimo ebbe l'ordine di sorprendere un posto di doganieri che doveva esistere presso la foce dell'Aniene. I segnali dal barcone alle barchette si dovevano fare con fanali a colori. La corrente ci trasportava maestosa. Il cielo si era rasserenato, tirava un vento rigido e secco. Il comandante dispose una guardia speciale sopra coperta del barcone e la mutava ogni mezz'ora. Il mio turno venne quando era già notte alta. Il vento frigidissimo mi aveva asciugati tutti i panni inzuppati, nè io me n'accorsi. Un senso indistinto di tristezza mi portava colla mente lontano, lontano, ove di certo si palpitava sulla mia sorte. Benchè il cielo fosse stellato, la notte era buia. Le due sponde del fiume si distinguevano appena come due nere striscie serpeggianti. Di tratto in tratto la pianura appariva ancor più cupa del resto: erano forre, macchie, canneti, boscaglie. Non un lumicino che additasse un casolare, che accennasse alla veglia, all'esistenza di qualche creatura. Tutto era buio, tutto dormiva. Pensavo alla notte eterna, senza speranza di nuovo sole, senza miraggio d'aurore più splendide delle nostre, e lo spirito rifuggiva aborrente da cotesta vacuità del nulla. Per alcuni ha l'attrazione dell'abisso, per me ha l'orrore del precipizio. Alta la notte! Fra poche ore spunterà il sole: lo vedremo noi? lo vedrò io? Un colpo di fucile aggiustato nell'ombra da una di queste sponde potrebbe rompere la mia meditazione e con essa troncare il filo di mia vita, le mie speranze, i miei sogni. Addio illusioni di gloria! addio trionfi del Campidoglio! Morto nel buio! Colpito proditoriamente, non ebbe tempo di battersi, non vide il nemico in faccia! Un brivido mi scoteva dai tetri pensieri. Aguzzavo la pupilla innanzi a me e dalle parti. Nulla! Le due barchette non si scorgevano affatto: a stento potevansi distinguere le tortuose sponde del fiume ed i gomiti repentini della corrente, che or ci portava presso a riva ed or ci lanciava ad arenarci contro la sabbia della spiaggia opposta: gli urti ed i sobbalzi improvvisi mi toglievano bruscamente alle mie tetre meditazioni. Quand'io smontai la guardia e fui sceso in stiva, Giovannino mi toccò i panni, poi mi disse col suo dolce sorriso: — Vedi un po', questo venticello è stato per te una manna. T'ha asciugati i panni senza bisogno di fuoco: così non ti prenderai nessun malanno. Ed infatti non ebbi nemmeno il più piccolo raffreddore. Il morale s'impone al fisico e ne vince e ne sublima la debolezza. A notte inoltrata fu ordinato il trasbordo dal barcone sopra tre barchette già predisposte a Passo Corese. Una di queste che s'era smarrita ed era stata causa del ritardo nella partenza, si era più tardi rinvenuta lungo il fiume. Ci trovammo per tal modo stipati sessanta uomini (l'avanguardia Stragliati non compresa) in tre piccoli schifi. I fucili li adagiammo sul fondo, dove per mala ventura c'era dell'acqua, e noi alla meglio ci accomodammo sopra di essi. Come ci si potesse stare ognuno può pensarlo! Si era accovacciati sugli acciarini, sui calci, sulle baionette. Le barche affondavano a cagione del peso, l'acqua era a quattro dita dalla sponda e guai al più leggero movimento! Se un picchetto di gendarmi, o anche un solo gendarme si fosse divertito dalla sponda a fare di noi bersaglio e avesse tirato al buio in quelle tre masse nere che scorreano lente lungo il fiume, avrebbe fatto un massacro terribile. Guai poi se avessimo reagito, saremmo tutti finiti capovolti nell'acqua e affogati. Ad onta della posizione incomoda, ad onta del freddo che penetrava nelle ossa, il sonno la vinse e molta parte di noi non tardò ad addormentarsi colle teste penzolanti. Non dormiva però l'infaticabile Enrico, il quale ad un certo punto del fiume fe' sostare le barche. — Hai veduto un fanale? chiese al fratello. — No, e tu? — Io sì, ma non ho distinto bene. Siamo giunti al posto, dove Stragliati deve aver fatto il colpo. Ecco, ecco! rosso, sta bene! il colpo è riuscito. Di fatto lo Stragliati, come si seppe di poi, inavvertito alle sentinelle, si era spinto fino al Posto di Finanza, aveva disarmato agevolmente il piantone e destate le altre guardie che dormivano, le aveva con sè imbarcate, impadronendosi delle loro armi. Vidi più tardi quei poveri disgraziati, che avranno probabilmente ricordato a lungo la brutta sorpresa di quella notte; più che spaventati mi sembravano insonnoliti. Arrivammo finalmente ad una località dove l'amico Perozzi pratico dei luoghi, giudicò prudente di sostare in attesa di segnali che dovevano venire da Roma, alla quale, ei diceva, ci trovavamo ormai vicini. Tutti allora eravamo svegli. — Vedete nulla? domandava ad ogni momento. E ciascuno appuntava lo sguardo lontano quanto più poteva. Nulla! Disgraziatamente una folta nebbia venne ad involgerci tutti e ci lasciò per qualche tempo nel buio più profondo. Era un freddo umidiccio, sicchè i panni cominciavano di nuovo ad aderire alla pelle. Un barlume lontano lontano, quasi indistinto dapprima, cominciò a mostrarsi e subito una delle nostre barche fu sciolta. Vi montò il romano Candida per penetrare in Roma e ritornare poi immediatamente per barca o per terra a darci notizie. Ma il Candida non si vide più: forse lo arrestarono i gendarmi posti a guardia del fiume, forse gli fu impedito di retrocedere per terra. Sbarcammo. Eravamo tutti indolenziti, colle ossa peste, affrante. Qualcuno di noi nel discendere, forse per naturale abitudine, cercava di ricomporre il proprio abbigliamento (per mo' di dire!) riabbottonandosi la giacca, scuotendo il fango dai calzoni, ponendosi un fazzoletto al collo a riparo dall'umido o ravviandosi colle dita i capelli. Quando Enrico se ne avvide, sorrise. Fu forse l'unica volta che io lo vidi sorridere: non era suo naturale. — Che cosa dovrei fare io allora! esclamò. Io che ho tanto girato in questi giorni senza mai svestirmi, io che non muto da un mese biancheria, e da otto giorni non mi sono nemmeno levata un momento la calzatura! Albeggiava. Il Perozzi fece osservare che in quella località sarebbe tra breve cominciato il passaggio della gente, la quale veniva a bere l'Acqua Acetosa, fontana medicinale poco discosta, e che quindi conveniva che ci nascondessimo. Poi che fummo sbarcati tutti, fatta una ricognizione del luogo, si riparò in un canneto e vi si stette parecchio tempo accovacciati o seduti sul fango. Fu allora che vidi distintamente i doganieri pontifici fatti prigionieri. Erano uomini dai trenta ai quarant'anni e sembravano rassegnati alla strana avventura loro toccata. Neanche il canneto però fu ritenuto luogo opportuno per potervi rimanere l'intiera giornata. Poco discosto da esso sorgevano quasi a picco alcuni dirupi frastagliati da alberi e cespugli: su di essi mise l'occhio Enrico e pensò che da quelle alture avremmo potuto agevolmente difenderci in caso di un attacco. Ordinò a Giovannino che colla sua sezione vi salisse per osservare se convenisse occupare quella posizione. Salimmo tenendo nascosti i fucili colle coperte, perchè il bagliore delle canne non fosse veduto da lungi, precauzione inutile perchè i fucili si erano per l'acqua e per l'umido tutti arrugginiti. Sulla sommità ci trovammo in vicinanza di una villa, la quale aveva forma di castello piuttosto che di palazzina. Ci si avanzò prudentemente collocando sentinelle in parecchi punti e Giovannino si spinse per uno stradello fino ad un'altra casa alquanto più discosta e prospettante verso l'altra parte della collina. Da là lo vidi ritornare con un uomo che recava seco delle chiavi. Era il vignarolo. Lo accompagnava un ragazzino suo, che alla vista di noi e specialmente dei fucili, si gettò in un piangere dirotto, come se lo avessero picchiato. Il vignarolo ora lo sgridava, ora lo rincorava: poi si fece animo, e quel ragazzetto, che aveva del resto molto spirito, ci fu di grande giovamento: riuscì perfino a penetrare in città e a riportarne un messaggio. Il vignarolo sembrava abbastanza disinvolto: lo giudicai un galantuomo che non ci avrebbe di certo traditi, e se ne ebbe infatti la prova il giorno dopo, quando egli diede ricetto ai feriti nostri. Quella vigna apparteneva al signor Glori romano, clericale della più bell'acqua. Non era ancora passato l'anno, che già il vignarolo era stato licenziato dal Glori. Fui a trovarlo nel 1870. Aveva mutato padrone, ma non per questo era accorato. Ricordo che bevemmo insieme un bicchiere e mi parlò con passione e con vero dolore di Giovannino morto un anno prima. Quanto al signor Glori, volesse o no, dovette sorbirsi ogni anno, d'allora in poi, un pio pellegrinaggio, che per lui rappresentava una invasione. La prima volta nel 1870, appena entrate le nostre truppe, molti patrioti si recarono con pio pensiero a visitare il posto dove era morto il povero Enrico. Il signor Glori ci si adirò e chiuse a chiave l'ingresso, talchè quando poco dopo ci andai io, mi fu forza corrompere il vignarolo per passare. Ma venuto il 23 ottobre dello stesso anno, anniversario del fatto d'armi, fu organizzata una commemorazione solenne, alla quale intervennero tutte le Società e tutti i patrioti liberali di Roma. La dimostrazione essendo troppo imponente e il proprietario non potendo opporvisi, dovette, a scanso di peggio, aderire. Però all'on, Pianciani che gliene aveva fatto chiedere il permesso, il signor Glori fece rispondere che egli lo accordava non al deputato Pianciani, bensì al conte Pianciani, e non per farvi commemorazioni, ma per fare quanto la sua discretezza, a cui si affidava, gli avrebbe consigliato. La discretezza, ahimè! per quanto buon volere ci mettesse il Pianciani, andò a rotoli. La folla era tale e tanta e l'onda invadente così impetuosa, che i sentieri della vigna, troppo angusti, non la contennero, onde la vigna e i campi subirono una calamità non prevista di certo in nessun contratto d'assicurazioni.

IX.

Villa Glori

Il fatto che prende il nome da Villa Glori, non fu, in sè stesso, che una mischia accanita che durò un'ora o poco più. Preso isolato, non avrebbe avuto una grande importanza: parecchie fucilate e un vivace attacco alla bajonetta: ecco tutto. Ciò che valse a circondarlo, per così dire, di un'aureola, fu l'ardimento del tentativo e, più che tutto, il sacrificio dei due capi della spedizione, figli di una famiglia di martiri. Il nostro còmpito era di spingerci dentro Roma. L'esserci invece dovuti fermare al di fuori, fu effetto di impreveduti accidenti e della necessità di attendere nuove comunicazioni. Arrivati fino a quel punto sarebbe stato viltà retrocedere prima di avere notizie da Roma, e venir meno alla promesse di d'appoggio fatta ai nostri; ma scoperti anzitempo ed attaccati, fu forza difenderci ed il campo rimase a noi; allora fu prudenza dei nostri il ritirarsi come fecero, nè era possibile fare altrimenti. Sarebbe stata una pazzia rimanere sul posto. Come avrebbe potuto sostenersi lungamente una banda di settantotto uomini che aveva perduti i capi ed era decimata, con una posizione possibile forse a difendersi dal lato del fiume, ma impossibile dal lato opposto? Settanta uomini non sarebbero bastati nemmeno per le fazioni dal lato dello ingresso alla vigna, tanto il pendio vi è dolce ed allargantesi gradatamente fino alla base del colle. L'indomani mezzo il presidio di Roma sarebbe uscito ad attaccare la piccola colonna. Entrare in Roma la notte stessa con le barche non si poteva, perchè queste erano sparite; entrarvi ordinati in colonna pigliando d'assalto Porta del Popolo o un'altra porta, non era cosa cui si potesse neppur pensare, perchè erano tutte difese da cannoni. In ogni caso sarebbe occorsa l'opera simultanea di insorti che si muovessero dentro la città, e in quell'ora sarebbe stato impossibile avvertineli. Unico mezzo sbandarsi alla spicciolata, e così fu fatto. Perciò, lasciati due o tre a cura dei feriti, alcuni entrarono in Roma, altri furono a tempo per trovarsi a Monterotondo e Mentana; altri, pur troppo, furono sorpresi e carcerati. Non vi è impresa, per quanto lodevole, che non possa dare argomento a critiche o ad osservazioni. Ai superstiti di Villa Glori qualche facile censore mosse il rimprovero di avere abbandonati i loro morti e feriti, pur tenendo il campo. Ho stimato per ciò doveroso per me scagionare i miei compagni da tale ingiusta accusa, benchè io creda che le mie difese siano affatto superflue. Aperta la casa e visitata in ogni sua parte, poco ci volle a fissarvi quartiere. Una stanza venne adibita per il comandante ed il suo stato maggiore (diremo così), tutte le altre per la truppa. Un po' alla volta tutta la compagnia fu sul colle portando seco i fucili e le munizioni che avevamo trasportato con noi. In breve tutta la casa fu occupata. Ci sbandammo tutti qua e là per le stanze, e frugando per ogni buco, trovammo in una camera dei melograni e buon numero di bottiglie. Ne sturammo parecchie a onore e gloria del signor Glori: così ci avevan detto chiamarsi il proprietario. Ciò che, del resto, era per noi di ottimo augurio. Mancavano però i viveri ed il comandante pensò d'inviare all'uopo in città il furiere Muratti per provvederne e in pari tempo per dare e ricevere notizie. Partì egli infatti e, per andar sicuro e senza molestie, credette bene, per suggerimento dello stesso comandante, di barattare passaporto con Mosettig che, come triestino, lo aveva austriaco. In tal modo il Mosettig diventò il conte Giovanni Colloredo, perchè, come già avvertii, il Muratti aveva il passaporto con questo nome. La precauzione fu eccessiva e forse dannosa. Il Muratti fu arrestato egualmente a Porta del Popolo e per quanto si spacciasse come austriaco e buon cattolico e parlasse tedesco, non essendo creduto, fu condotto alla polizia e soltanto più tardi lasciato libero. Questo fatto dell'arresto del Muratti io non lo seppi che di poi, all'ospedale, dal cappellano dei gendarmi, il quale mi disse che noi avevamo mandato in città una spia tedesca! In quel mattino noi avvertimmo parecchi oziosi e sospetti aggirarsi intorno alla vigna, e per quanto ci fu possibile, li arrestammo tutti. Tra costoro c'era un bifolco, un pezzo di giovinotto, che piangeva come un fanciullo; ma la sua ingenuità era così grossolana, da far pensare che fosse più furbo che santo. Ad ogni buon conto anch'egli fu requisito ed incamerato come gli altri. Verso mezzodì dall'amico Veroi che era di sentinella, fu segnalato l'approssimarsi al colle di alcuni dragoni i quali sostarono al basso fuori del cancello. Enrico ne fu tosto avvertito e tenne consiglio coi capi sezione. Poco di poi intesi Giovannino che diceva ad uno dei nostri capi squadra: — Porteremo la nostra sezione alla cascina del vignarolo: si prevede un attacco. Riordinammo i fucili: un'occhiata alla rivoltella e una rassegna rapida delle munizioni di cui ci riempimmo le saccoccie dei calzoni, della giacca e del panciotto; poi ci recammo con cautela alla cascina del vignarolo. Di fianco ad essa sorgeva isolato un monte di paglia; c'era in cima la nostra sentinella sdraiata, perchè potesse vedere senza essere veduta. Nel casolare del vignarolo si stava allora appunto allestendo un po' di cibo e più che tutto un buon brodo che ci andò in tanto sangue. Si mangiava allegri, non preoccupati per nulla della imminenza di una catastrofe: anzi si celiava lepidamente ricordando episodi ed aneddoti d'altri giorni e d'altri amici. Il più faceto e grazioso narratore in quell'istante era il povero Mantovani. Parmi ancora vederlo seduto sopra una cassapanca con un pezzo di pane in una mano ed un quarto di pollo nell'altra. Narrava e mangiava a quattro palmenti. Infelice! Tre ore dopo era morto! Infatti si stava ancora mangiando, quando entrò in gran fretta la sentinella esclamando a bassa voce: — I soldati! i soldati! Immediatamente ognuno diè di piglio all'arme sua, e tutti si uscì alla rinfusa dal casolare. Ci schierammo alla meglio lungo il ciglio del colle riparati da una leggera siepe e attendendo, ginocchio a terra, l'avanzarsi del nemico. Lo si vedeva infatti venire innanzi con cautela disteso in colonna. Evidentemente veniva ad una ricognizione. Non si distingueva di qual corpo fossero i militi, ma il colore cupo delle monture ce li faceva riconoscere per carabinieri esteri (svizzeri). — Attenti! ci disse sottovoce Giovannino, non fate fuoco finchè non ve lo ordino io! Una prima scarica ci salutò ad una distanza, per verità, troppo rispettabile e le palle passarono fischiando sul nostro capo. — Non ancora, non ancora! lasciate che si accostino di più! Infatti lentamente si avanzavano regalandoci una seconda, poi una terza ed una quarta scarica. Ci dovevano discernere benissimo: ed a misura che progredivano, abbassavano la mira, talchè nelle ultime scariche le palle si piantavano entro terra al disotto di noi e il terreno spruzzando ci sbatteva in viso. Giovannino stimando per noi inutile imbarazzo quella siepe ci ordinò d'atterrarla, e fu fatto in un attimo. — Fuoco! ordinò egli allora, e la nostra prima scarica partì. Dopo, lo scambio delle fucilate continuò senza interruzione: ma chi può ridire la pena del caricar quei fucili e il disuguale combattimento! I papalini avevano dei remington buonissimi che tiravano fino a 800 metri; noi invece dei ferrivecchi, avanzi della Guardia nazionale. Per caricarli occorreva star ritti in piedi sul ciglio della collina: miglior bersaglio non si poteva loro offrire! Qualcuno potè approfittare di qualche tronco d'albero e riuscire a caricare al riparo, ma i fucili, quasi tutti guasti per l'umidità sofferta, erano addirittura inservibili! Cinque capsule, mi ricordo, dovetti applicare per fare il primo colpo: e nella condizione mia erano tutti. — I fucili non servono a nulla, cominciammo a gridare, ci vuol l'attacco alla bajonetta! E in quell'istante, colpito da una palla, cadeva il povero Moruzzi. Accorsero Giovannino e il Campari e tentarono di sollevarlo da terra, ma il soccorso portò danno maggiore, poichè una seconda palla lo colpì al ventre. D'altronde il nemico incalzava e non c'era da perdere tempo. Giovannino ordinò di ritirarsi verso la casa per unirci agli altri. Le ultime scariche ferirono anche il Castagnini. — M'hanno ferito, gridò mostrando il braccio sanguinante. Era quello il primo sangue che io vedevo e non potei trattenere un lieve moto di ribrezzo: guardai compassionevole il povero amico, ma il suo volto, tutt'altro che atterrito, mi rincorò. Ci ritirammo ordinatamente. Raggiunte le altre due sezioni, che al rumore delle fucilate e per l'avviso mandatone da Giovanni, erano uscite dalla casina e si erano schierate lungo la strada, ci fu un breve istante di ressa, di parapiglia e di incertezza sulle disposizioni da darsi. Non si sapeva effettivamente da qual parte potesse sbucare il nemico. Ma quando furon visti spuntare i berretti in fondo alla stradicciuola, il comandante ordinò sull'attacco alla bajonetta nella direzione della strada stessa. Vi si lanciò il Tabacchi colla sua sezione. Senonchè si vide allora, dal lato sinistro della strada, apparire il grosso della colonna disteso in ordine sparso sul prato fiancheggiante. Ma Enrico fu pronto a mutare comando, e senz'altro con quanta voce aveva gridò: — Sulla sinistra! coraggio ragazzi! attacco alla baionetta! evviva Garibaldi! Un urlo di noi tutti fe' seguito alle sue parole, e superando la scarpa della strada infossata, piombammo addosso ai pontifici. Sorpresi anche dalle grida, costoro sostarono un momento esitanti; credettero senza dubbio di avere di fronte un nemico ben più numeroso. Sventuratamente, oltre che montare il piccolo ciglio del campo di sinistra, dovevamo superare anche una siepe che costeggiava il ciglio stesso e che imbarazzava un movimento simultaneo di tutta la colonna. Enrico ch'era in testa a tutti, ne atterrò coi piedi quel tanto che bastava a lui solo per passare, e senz'altro si slanciò precipitoso in avanti. — Fermati, Enrico, gli gridò Giovannino, che andiamo assieme! Sono queste le ultime e le uniche impressioni che mi sono rimaste della tragedia che allora appunto avea principio: le parole di Giovannino, la corsa precipitosa di Enrico in mezzo al nemico colla rivoltella spianata contro il capitano dei pontifici e due o tre soldati sul suo fianco sinistro che lo prendean di mira. Poi non vidi altro, perchè nello stesso istante una palla tirata quasi a bruciapelo mi spaccò il polso del braccio sinistro. Fu come un violento colpo di pietra: il braccio restò intorpidito, il fucile mi cadde e mi trovai disarmato di fronte a due soldati che m'investivano a bajonetta calata. Trassi il revolver, ne scaricai due colpi nella lor direzione: la vista dell'arma li fe' retrocedere. Squillò allora una tromba. Eran nuovi nemici che si avanzavano? era un segnale d'attacco alla villa per toglierci la difesa?.... Il Tabacchi lo prevenne portandosi sulla destra del luogo d'azione, e noi altri tutti accorremmo subito alla difesa della casa. Appena entrato io caddi su di una seggiola ed ebbi qualche minuto di deliquio. Quando rinvenni, la casa era tutta in trambusto. Imbruniva; la lotta era finita, i papalini pareva che si fossero ritirati, ma c'era chi diceva che ci avrebbero assaliti per diversa parte. — Bisogna difenderci, — barricheremo la porta, le finestre, — daranno fuoco alla casa, — è morto Enrico ed anche Giovannino, — meglio arrenderci, — no, dobbiamo vincere o morire, — è caduto Mantovani, — mancano pure Bassini e Papazzoni, — ci assaliranno da un momento all'altro, — di notte è impossibile, — usciamo di nuovo, — è caduto anche Mosettig, — non usciamo, ci prenderebbero, — difendiamoci qui. Queste ed altre eran le frasi che rammento fra la trepidazione, la confusione, l'ansia dell'istante, il trambusto e l'urgenza di una pronta risoluzione. Fui medicato alla meglio dall'amico Fabris (noi lo chiamavamo Febo ed era allora studente di medicina a Bologna) con delle pezze strappate da una camicia. Il projettile m'avea spezzato il capo articolare dell'ulna, il dolore era acuto e ad ogni piccola mossa mi rincrudiva lo spasimo. Temevo d'essere preso dal tetano. Per darmi animo mi fecero bere del vino e poi mi adattarono al collo una benda, sì che il braccio potesse star fermo e adagiato. L'angoscia maggiore in tutti era però per la perdita dei fratelli Cairoli: si parlava d'Enrico caduto, di Giovannino pure; degli altri non si sapeva. Sarebbe stato necessario andarli a levare dal campo; ma e se la casa fosse circondata?.... Era scorsa fra codesti dubii e contrasti una buona ora dal combattimento e la notte era già avanzata, quando parve udire dal di fuori delle grida continuate. Si tacque tutti e di lì a poco si sentì una voce chiara, distinta, disperata gridare nel buio della notte: — Aiutooo! — Chiedono soccorso. — Sono i nostri feriti. Bisogna andare. — E se fosse una gherminella dei nemici per tirarci fuor di casa? — Comunque sia, bisogna andare. — Vado io, ci vieni tu? Ma in quella nuovamente e più lungo e più desolato s'udì il grido: Ajutooo! Immantinente l'amico Febo, lo Stragliati ed altri, salite le scale, aprirono una finestra e gridarono ad alta voce: — Chi è? — Mosettig! rispose la voce. Non c'era più dubbio: erano i nostri che chiamavano soccorso. Subito alcuni uscirono e rientrarono ben tosto reggendo a spalle il compagno Mosettig ferito ad una gamba. Tra i caduti era stato il primo a riaversi e si era trascinato a piccole tappe fin presso alla casa. Senza più indugi un altro drappello uscì di nuovo fuori; poi un altro ancora e in breve furon portati entro la casa il Papazzoni ferito ad un piede, il povero Enrico morto ed agonizzante l'infelice Mantovani. Enrico ed il Mantovani furono entrambi deposti a terra nella stanza dove il mattino s'era tenuto consiglio tra i capi sezione. Il Mantovani respirava appena, ma ebbe il tempo di dirci, fra i singulti della morte, come essendo caduto per una ferita fosse poi bajonettato sul terreno. Un grido d'orrore, lo rammento, accolse quella rivelazione di codarda barbarie. Pochi momenti dopo, fra spasimi convulsivi terribili, spirò. Il nostro dolore per la perdita di quei due amici fu vivissimo. Si riandavano i momenti dell'attacco, della mischia, si deplorava di aver agito precipitosamente, di aver fatto un attacco alla bajonetta in quel posto; meglio era difenderci in casa, meglio ritirarci al mattino; già si dovea prevedere che quella non era posizione sostenibile!... Sul campo non si poterono ritrovare nè Giovannino, nè il Bassini. C'era chi assicurava che erano morti entrambi, forse caduti lungo la strada, dopo aver tentato di guadagnar la casa, forse trasportati via dagli stessi pontifici. Intanto lo spasimo al mio braccio andava aumentando. Sdraiato com'ero, mi riusciva insoffribile; mi alzai e salii dall'amico Mosettig. La sua ferita era grave. Mi strinse con affetto la mano, mi baciò: — Ah, poveri noi, sclamò poscia, quanto fummo sfortunati! — Pur troppo, gli risposi, e me ne duole nell'anima! Ora ci terranno prigionieri chi sa quanto tempo!... E pensare che fra pochi giorni io avrei dovuto iscrivermi all'Università, e forse mi toccherà perdere l'anno! L'amico mi guardò stupito con cera interrogativa, come per accertarsi se avevo dato di volta al cervello. Ma vedendo che io insistevo nel discorso: — Ma ti par questo il momento di pensare all'Università? mi gridò. Chi sa domani cosa faranno di noi! Per verità non aveva torto. Da parte mia, però, lo confesso ingenuamente, non fu nè millanteria nè sprezzo del pericolo. Io vado soggetto a distrazioni incredibili e anche in quella circostanza si vede che la regola non volle avere eccezione. Durante la notte i nostri compagni si sbandarono tutti, chi da una parte, chi dall'altra. Rimasero a guardia dei feriti il Colombi, il Campari e il Fiorini, nonchè i doganieri pontifici fatti prigionieri la notte innanzi. Cessato il trambusto e l'agitazione, dileguatisi uno ad uno i compagni, io mi gettai di nuovo sulla paglia, e fosse stanchezza dei patiti disagi o reazione all'angoscia sofferta, fatto sta che in quella casa dove pareva restassero gli avanzi di un saccheggio, fra compagni feriti che gemevano, con due amici morti d'accanto, con l'incertezza crudele del domani in cuore, quando il sole spuntò al mattino sull'orizzonte lontano ad illuminar quella scena d'orrore.... io dormivo.

X.

L'indomani.

Dormivo davvero quando un raggio di luce penetrò nella stanza a pianterreno. Destarmi e riconoscere subito la terribile realtà della situazione, fu cosa di un minuto. Non sognavo, no. Chi sogna dorme male ed io in quelle brevi ore avevo dormito profondamente. Tanto ero stanco! Mi rizzai a sedere. La poca paglia su cui giacevo mi aveva mal difeso dall'umidità del pavimento e mi sentivo le ossa peste ed ammaccate come se mi avessero bastonato. Contemplai un istante la scena che mi circondava, poi uscii all'aria aperta. Avevo proprio bisogno di respirare liberamente. L'orrore di quel luogo chiuso, barricato, pieno d'armi accatastate alla rinfusa, di cappotti, di borraccie, di vestiti abbandonati dai compagni per essere più lesti al cammino; l'aspetto di saccheggio e di devastazione che presentavano quei tavoli, quelle sedie rovesciate, le bottiglie fracassate, le stoviglie infrante, gli avanzi della cucina del giorno innanzi ancora sparsi sul pavimento e frammisti alla paglia, ai cappelli, alle bende, e tutto ciò chiazzato di macchie sanguigne; il gemito dei poveri miei compagni feriti, e nella stanza vicina, giacente a terra quasi a sbarrarne la porta, il cadavere del povero Enrico e l'altro più terribile del Mantovani, il quale pareva sfidasse ancora l'assassino che lo aveva morto a bajonettate sul terreno, formavano nell'insieme uno spettacolo raccapricciante. Si soffocava: uscii, come ho detto. Un magnifico sole cominciava ad indorare le foglie alle siepi ed agli alberelli che costeggiavano la stradicciuola di fronte alla casa. Di lontano giungeva il suono delle campane della città eterna, e ad ogni tratto un'archibugiata dei pacifici cacciatori onde abbonda la campagna romana, veniva a rompere la pace di quel luogo. Spettacolo di natura tanto tranquilla e sorridente che faceva vivo contrasto con la desolazione della villa, con la realtà del fatto, con l'amarissima incertezza della sorte nostra. Pensavo... forse domani ci sottoporranno ad un Consiglio di guerra; forse.... e il pensiero inorridiva, mentre inavvertita dalla congiuntiva dell'occhio mi scendeva una lagrima... E la mamma?... Levai il capo per cacciare i neri presentimenti e... mi vidi faccia a faccia con uno sconosciuto!... Dio mio! lo fisso. Era Giovannino! Giovannino Cairoli in persona!... Ma chi avrebbe potuto più ravvisarlo? Pallido in viso e macchiato orribilmente di sangue che era colato dalla testa fasciata con un cencio e coperta da un cappellaccio. Si reggeva su di un bastone e camminava a stento. Anch'egli pativa per le ferite toccate nella schiena difendendo il fratello dopo che era caduto. Povero Giovanni! Avea lottato corpo a corpo, aveva veduto cadere il fratello in quel terribile attacco alla bajonetta, avea veduto i soldati precipitarglisi allora addosso, si era avventato colla rivoltella alle tempia di quegli aggressori; ma la rivoltella, arruginita, non aveva agito. Disperato l'aveva sbattuta sulla testa d'uno di quei miserabili colla furia della tigre ferita, e come tigre ferita era caduto poi rovescio, colpito da una palla che gli sfiorò il cranio. Si era gettato allora sul corpo del fratello esamine, colle mani, col petto facendogli scudo, e le bajonette nemiche avevano finito anche lui, che giacque spossato, sanguinante, svenuto accanto al suo Enrico! E quanta vita, quant'anima in quel giovinetto, mentre mi raccontava sì orribile tragedia! — Ah! lasciatemi vedere il mio Enrico! che io lo baci

40

ancora una volta, una volta ancora! Gli amici Campari, Colombi ed io pure tentamno in ogni modo di opporci, e lo assicurammo che più tardi gli avremmo concesso questo supremo sfogo di dolore. Fu fatto entrare in casa, ma uno di noi ebbe l'avvedutezza di andare innanzi e di chiudere la porta della stanza dove giaceva il fratello. — Sentite, amici, disse poi risoluto ed appena entrato in casa, facciamo una cosa. Abbiamo ancora fucili, abbiamo rivoltelle; se vengono i soldati barrichiamoci in casa e vendiamo cara la nostra vita. Eroico ardimento d'un cuore generoso e ferito. Non ci volle molto però a farlo persuaso della impossibilità di tale progetto. I gemiti dei compagni pressochè moribondi avrebbero condannato qualunque tentativo temerario da parte di noi, feriti pur anco ed impotenti a qualsiasi resistenza. Era prossimo il mezzogiorno. Una brezza leggiera piegava gli alberi, metteva un lieve senso di brivido nelle ossa indolenzite e faceva lentamente sventolare il bianco lenzuolo che, annodato a mo' di bandiera ad un bastone, avevamo issato da una finestra della casa. Uno strepito confuso d'armi e di voci, lo scalpitar di cavalli ci fe' comprendere che s'avanzavano dei militi. Erano certamente venuti a levare i feriti. Le guardie di Finanza da noi fatte prigioniere lungo il Tevere e liberate da noi quella mattina, avevano senza dubbio mosso il comando militare pontificio al soccorso dei nostri feriti. Così pensavamo: ma non era così. — I pochi della scaramuccia di ier sera non dovean essere che l'avanguardia. Di certo sui Monti Parioli ora ci deve essere il grosso della banda. La chiamata al soccorso dei feriti non può essere che un gherminella per tirarci lassù ed attaccarci. Ecco quale certamente deve essere stato il ragionamento del ministro delle armi e generale delle truppe pontificie, poichè non è credibile che si venisse a levar feriti con tanto apparato di forze. Zuavi, antiboini, tiraioli, zampitti, dragoni, gendarmi, ogni arma era stata messa a contribuzione. Al primo vederci puntarono le armi in atto di fuoco. — Feriti, feriti, blessés! gridavamo noi. Si! era come dire al muro! non ne capivano d'italiano! Finalmente un tenentino dei dragoni si fe' avanti gridando loro: — Ne faites pas de feu! pas de feu! e fatti alcuni passi verso la nostra casa, prima ci ordinò d'uscire, poi messici in fila tutti fuor della porta, con una sentinella cui graziosamente ordinò d'infilzarci tutti se ci fossimo mossi, entrò nella casa e la masnada intera lo seguì. Descrivere il fracasso che fecero con quei poveri fucili, ferrivecchi della Guardia nazionale, è cosa da non potersi ridire! Ce n'erano moltissimi di carichi ed essi li prendevano per la canna e pestandoli contro il suolo o contro il muro, ne spaccavano il calcio. E dire che non uno esplose loro nelle mani! — Vous étiez venus ici avec de trés-bonnes intentions, ci disse il tenentino uscendo e portando in pugno una mezza dozzina di rivoltelle. Ricordo ancora la faccia del Campari e la sua risposta. I buoni ambrosiani non dimenticano mai la loro parlata, talora francamente ingenua, anche nei momenti supremi della vita. — Oh me par peu, rispose egli con un accento di bonaria persuasione, me par che voressen minga cojonà gnanca lor! Dopo un'ora circa impiegata a distinguere i fucili, i vestiti e quanto trovarono, ripresero finalmente la loro strada e sembrava che avessero fretta. Chiedemmo loro dove andassero e perchè non trasportassero i feriti. Ci fu risposto che non ne avevano il tempo, perchè doveano inseguire le bande! Credevan forse a pochi passi da noi di scovare Garibaldi in persona! Un gendarme prima di montare a cavallo mi presentò una bottiglia, offerendomi da bere. Lo guardai in viso; non comprendevo così strana cortesia. — Bevi, bevi, mi ripeteva. — Ah è così che la credete? sclamai d'un tratto. Presi la bottiglia e tracannati tre o quattro sorsi, la lanciai contro lo stipite fracassandola in mille pezzi. Temevano che avessimo avvelenato il vino! Imbruniva. Il povero Giovanni era riuscito ad ottenere da noi di poter dare l'ultimo bacio all'amato suo estinto. Ma lo trascinammo subito fuori dalla stanza, promettendogli che guarderemmo noi stessi la preziosa salma perchè nessuno la toccasse. Pochi minuti dopo io ed il Campari gli consegnammo alcuni oggetti e ricordi tolti di dosso al glorioso eroe. Un rumor sordo di carri ci avvertiva che finalmente qualcuno da Roma si era mosso in nostro aiuto. Era ben ora. I feriti nostri languivano senza cibo da ventiquattr'ore e le ferite incrudivano coll'avvicinarsi della notte. Erano bare tirate da un cavallo e coperte da un saccone. In ciascuna fu adagiato alla meglio un ferito. Vi erano pure due carrozze. Il corteo era composto d'un medico, un cappellano, un capitano dei gendarmi e di quel tenentino della mattina. Costui al povero Giovanni che io pregava di usare riguardo nell'entrar dentro la stanza ov'era suo fratello morto, rispose cinico: — Ebbene, se è morto, non posso certo fargli del male! Anche nei momenti più tristi c'è sempre una nota amena. Ce la diede questa volta il cappellano, un grosso e corpulento prete belga con una faccia da cuor contento inesprimibile, il quale domandò a più d'uno dei nostri feriti se prima di battersi aveva fatto le devozioni sue: qualcuno gli rispose che sì, ed egli ne fu contento come una pasqua. C'incaminammo. Si scendeva lentamente per la calata dell'Arco scuro, ma quando imboccammo lo stradone di Porta del Popolo si accelerò il passo. Io ero a cassetta ed il cocchiere mi andava infastidendo con rimproveri ed ammonimenti. — Fate il vostro mestiere! gli dissi. E tacque. Arrivammo a Porta del Popolo e il treno si arrestò. Una compagnia di truppa era in arme al limitare della porta. C'era una agitazione, una ressa indiavolata. Un capitano venne allo sportello della nostra carrozza e raccontò che in città avveniva un fatto d'arme: eran duecento, trecento, quattrocento insorti, c'eran morti, feriti, ecc.. In quel mentre si udivano infatti parecchie fucilate. — Oh Gesummaria! invocò il mio cocchiere. — Niente paura, gridò il tenentino spavaldo, è qualcuno che... (lasciamo nella penna la parola). Avanti! Uno squadrone di dragoni a cavallo ci si mise al fianco per iscorta e il corteo mosse di nuovo. Tre cannoni erano puntati in Piazza del Popolo, uno contro il Corso, un altro verso il Babbuino, il terzo contro Ripetta. Noi prendemmo da questa parte. La via era deserta affatto, chiusi i negozi, le porte e le finestre. Il rumore delle ruote, lo scalpitar dei cavalli, il tintinnio delle sciabole dei dragoni in mezzo a quel sepolcrale silenzio aveano un che di sinistro. Appena vedevasi qualche imposta di finestra aprirsi un momento e far capolino qualche curioso attratto dall'insolito rumore, e poscia tosto rinchiudersi. La traversata di Roma seguì senza inconvenienti. Battevano le 8 di sera e noi arrivammo alle porte dell'ospedale di Santo Spirito incerti di nostra sorte, se prigionieri di guerra ovvero insorti sorpresi coll'armi alla mano, e quindi forse dannati nel capo per alto tradimento!

XI.

Santo Spirito.

La ressa di popolo pel nostro arrivo all'ospedale militare era grande. Eravamo i primi garibaldini prigionieri portati in Roma: si può immaginare se la novella era corsa di bocca in bocca! Al primo arrivare ci fu un po' di parapiglia, perchè non era stato preparato alcun locale. Ma la superiora delle suore trovò subito un ripiego; fatti levare alcuni zuavi del picchetto di guardia, che russavano placidamente sui pagliericci in una camera di pian terreno, in un momento ci fe' mettere insieme sette letti, e tutti in una sola stanza, cosa che ci fece molto piacere. Ufficiali, medici, flebotomi, monsignori, cappellani, soldati, suore, tutti erano in moto per noi. La curiosità avea naturalmente molta parte in tante premure. Prima cura fu quella di visitar le nostre ferite. Ne avevamo veramente bisogno, perchè ci si era fasciati appena alla meglio in modo da far ristagnare il sangue e questo s'era rappreso sulle ferite. Io poi desideravo sapere quale ferita fosse la mia, se grave o no. Mentre ognuno di noi si adagiava alla meglio, mi venne fatto di notare un prete lungo, alto, con una croce sul petto, di fisonomia piuttosto seria, non troppo entrante; uno degli infermieri mi disse che era monsignor De Merode, elemosiniere segreto di sua Santità. Fummo medicati con premura. A Giovannino, ricordo, furon tagliati i capelli e gli fu fatto dalla suora un salasso. Tutto sommato, l'ingresso nostro non fu cattivo e ci lasciava sperare che non avremmo avuto dispiaceri, quantunque gli animi, specie dei militari, fossero irritatissimi per il fatto della caserma Serristori avvenuto il dì innanzi. Il primo sospetto era stato per l'appunto che quel fatto fosse opera nostra. Mia prima cura fu quella di chiedere carta penna e calamaio per scrivere alla mia buona mamma. Mi fu risposto che prima bisognava dar contezza di noi all'autorità militare politica, dopo avrei avuto quanto desideravo. Di fatto, eseguita la medicatura, venne un auditore militare a prendere nota delle nostre generalità. Il nome di Colloredo fece grande impressione su lui e sugli astanti. I Colloredo sono una famiglia antica nobilissima che trae la sua origine dal castello di Colloredo in Friuli. Ebbe molti illustri guerrieri marescialli e generali che in gran parte militarono al servizio dell'Austria, coprirono onorevoli incarichi e condussero a fine importanti missioni. Alcuni de' suoi rami esistono tuttora nel Friuli, ed in Austria pure sussiste sempre il ramo dei Colloredo Mels e dei Colloredo Mansfeld. Uno dei Colloredo del Friuli era allora imparentato coi principi Altieri qui di Roma, perchè marito a donna Livia, morta alcuni anni or sono, e in Roma vivea allora anche un vecchio padre Colloredo dei preti dell'Oratorio. Incontanente si sparse la voce che all'ospedale di Santo Spirito era ricoverato un Colloredo garibaldino e non tardò a diffondersi per la città, per l'Italia e dirò anzi per l'Europa. Infatti la notizia fu riportata, oltrechè dai giornali nostri e dai francesi, anche dalla Presse di Vienna e dal Tageblatt. Prima di lasciar Villa Glori si era fra noi convenuto di chiamare il Mosettig col nome di Colloredo, come si era fatto per il Muratti in Roma. L'auditore militare si mostrò anche non poco stupito allorchè, chiese le generalità a Giovannino, si senti rispondere: — Anni ventiquattro. — Condizione? — Ex capitano di artiglieria. Infatti su quel volto ingenuo di gentil giovinetto, oltre che la bontà, si leggeva chiara anche l'intelligenza, che nei brevi anni vissuti già lo avea portato a quel grado distinto. O se vivesse ancora! sarebbe forse uno dei migliori nostri generali! La prima notte fu affannosissima e appena al mattino mi fu dato di poter dormire un poco. L'apparecchio di stecche cui era raccomandato il mio braccio, mi costringeva ad una supina immobilità, la quale mal si prestava al sonno, ma ad ogni movimento ch'io facessi mi si rinnovellava il dolore. L'indomani nuove domande dell'auditore militare, nuove ricerche, nuovi curiosi e sempre molti medici, infermieri, suore, inservienti. Chiesi nuovamente al direttore dell'ospedale, capitano Galliani, l'occorrente per scrivere e, se mi era permesso, anche qualche libro da leggere. Immantinente egli si diede premura di soddisfare il mio desiderio e portò per tutti carta da scrivere ed alcuni romanzi di Walter Scott. Il capitano Galliani era una gentilissima persona, della quale conserverò sempre finchè vivo ottima memoria. La gentilezza d'animo e la squisitezza di sentire sono una dote dei cuori buoni e non vengono meno per ragione dei principii o d'idee professate. Il Galliani era affezionatissimo al Santo Padre ed attaccato al governo papale che serviva con zelo ed attività esemplari. Nel 1861 era stato alla battaglia di Castelfidardo; fatto prigioniero, era stato condotto a Genova, dove aveva avuto molte cortesie ed era stato trattato amorevolmente. Apprezzava quindi per esperienza fatta le attenzioni usate in simili circostanze e conosceva per prova come tornino gradite e quale imperituro ricordo lascino nell'animo dei vinti. Veniva spesso a tenerci compagnia e sapeva evitare tutti i discorsi, nei quali non potevamo trovarci d'accordo; era uomo onesto, leale, di ottima cultura e d'ingegno acuto. Pur di usarci un'attenzione si sarebbe fatto in quattro; se gli chiedevamo un favore si sarebbe detto che il piacere fosse tutto suo nel procurarcelo. Ci condusse la gentile sua signora con la figlia a visitarci: più volte ritirò la nostra biancheria e ne fece il bucato in casa sua. Un giorno che andò alla caccia, ci portò al ritorno una magnifica spiedata d'allodole. A proposito della biancheria, anche il Galliani era fra coloro che subivano il fascino del nome di Colloredo: a tutti presentava il Mosettig e più a lungo con lui si tratteneva. Or bene, quando gentilmente egli si prese l'incarico della nostra biancheria, dovette trovare di necessità quella del Mosettig segnata con sigla differente da quella di Colloredo e senza alcun segno gentilizio. Ma di questa scoperta non diede segno: essa restò affatto segreta nella famiglia Galliani. Il capitano venendo a visitarci continuò a salutare sempre per primo il Colloredo, e la signora e la figlia che ritornarono più volte, s'intrattenevano sempre col signor conte. Svelare il segreto all'autorità militare sarebbe stato una delazione vigliacca, dissimularlo anche con noi fu delicato riserbo d'animo squisito. Chè se, tre mesi dopo, al momento di partire, il Mosettig si sentì ufficialmente denegata da un gendarme tale sua qualifica di nome e condizione, lo dovette ad uno dei conti Colloredo austriaci, il quale, quando vide girare sui giornali il proprio casato come appartenente ad un garibaldino, si affrettò a dare alla notizia una solenne smentita impugnando l'autenticità del preteso conte. Rividi il capitano Galliani nel settembre del 1870, perchè appena entrato in Roma la mia prima visita fu allo spedale di Santo Spirito. Stava allora appunto il Galliani facendone la consegna all'incaricato italiano. Appena mi vide lasciò ogni cosa e mi venne incontro con vera effusione esclamando: — Vedi, caro amico, ora abbiam mutato sorte: io son diventato servitore e tu sei il padrone. Io gli risposi che fra noi non c'erano nè padroni nè servi, ma amici. E, in verità, amico gli ero proprio di cuore. Mi condusse poi a visitare lo stabilimento, creazione che si poteva dire sua e che nulla lasciava a desiderare per ordine, pulizia e buon andamento di servizio e d'amministrazione. Mi espresse con espansione d'amico il vivissimo suo dispiacere di doverlo abbandonare, e da ultimo mi condusse a vedere la stanza di nostra prigionia. Oh quanti ricordi, quante emozioni fra quelle quattro mura nude, bianche, illuminate da una sola finestra in un angolo; quanti pensieri rivedendo quel soffitto alto ed a volta, su cui io per tanti giorni, immobilmente supino, fui costretto a fissare lo sguardo! Di sette che eravamo stati ricoverati in quel luogo, due erano già scomparsi dalla scena del mondo; e non erano scorsi tre anni! Ritornai a Roma nel 1871 e nel 72 e non trascurai mai di fare una visita al capitano Galliani. Era pensionato; il nuovo ordine di cose lo avea danneggiato non poco, però non se ne doleva e conservò sempre l'ilare suo contegno e l'onesta sua bonomia di vecchio soldato. Ingannava il tempo andando a caccia, esercizio pel quale era appassionatissimo. L'ultima volta che lo vidi fu in casa sua ventisei anni or sono, la sera della befana, nella festosa e rumorosa allegria con cui si suole qui in Roma trascorrere quella sera, e la veglia si chiuse con una quadriglia da lui comandata. Da allora non fui più a Roma per parecchi anni. Ritornatoci dopo lungo tempo, non seppi risolvermi a chieder notizia di lui. Temevo sentirmene dare una brutta! Pochi mesi or sono finalmente, passando dal palazzo Gabrielli, dov'egli abitava, domandai della famiglia sua e il portiere mi rispose stupito come se gli chiedessi notizie dell'altro mondo. Se egli vive ancora (e glielo auguro di cuore e per lungo tempo!) mando a lui un cortese saluto: sappia che io sono lieto d'avergli pagato modestamente il tributo di mia riconoscenza scrivendo il suo nome in queste povere pagine. Avuta la carta e il calamaio scrissi a mia madre. Senza reticenze le diedi addirittura la triste notizia dell'accaduto, incuorandola a non temere di nulla, trovandomi io ben ricoverato. Mi parve fosse meglio così, perchè pensai che la vista della mia scrittura avrebbe dovuto rassicurarla più di qualunque inutile ipocrisia. Quando si sta male e si soffre, non si scrive. Quella lettera mi venne tra le mani pochi mesi or sono riordinando un pacco di vecchie carte e duolmi non averla conservata. Portava da piedi il visto del generale Zappi. In quel primo giorno avemmo parecchie visite illustri che poi si rinnovarono spesso. Prima fra tutte quella di due signore accompagnate da un prelato. L'una era una donna di bella statura, di piacevole aspetto e gentile di modi. Era la signora Kanzler moglie al Generale Ministro delle Armi. L'altra era una signora bionda con occhi bigi e lineamenti e mosse da maschio. Non era bella; portava un abbigliamento strano che non era nè da ragazza nè da matrona, ma un che di mezzo fra la monaca, la amazzone e la zingara. In capo un caschettino nero all'ungherese inforcato da una piuma alla cacciatora, col velo ripiegato all'intorno e tenuto a dovere da un enorme fermaglio d'argento rappresentante la medaglia di S. Pietro (una croce capovolta). In tutto il resto dell'abbigliamento nessun gingillo, nemmeno i pendenti; corsetto e sottana tutto in nero, e questa molto succinta, il che colle mode d'allora produceva un effetto strano. Parlava bene il francese, ma il biondo della sua capigliatura e la tinta pallida, le mosse originali, la spigliatezza indipendente del tratto l'accusavano inglese. Seppi poi che era la signora Stone, una fanatica del sanfedismo, portata a cielo dai giornali clericali per il suo zelo e coraggio da vandeana, che non avean nulla da invidiare a quello dei soldati e dei birri. Durante la campagna insurrezionale dell'agro romano aveva sempre trovato tempo e modo di frequentare chiese, ospedali e carceri, di recarsi più volte al campo dei pontifici a curare i feriti, e di passare poi a quello dei garibaldini, di giorno e di notte, affrontando sentinelle, per riscattare prigionieri. Una volta corse rischio di essere presa a fucilate: fu fatta prigioniera e condotta al generale Garibaldi col quale desiderava abboccarsi. Era di quelle nature esaltate che non s'acquetano di una pietà tranquilla, rassegnata, amorosa, ma vogliono la virtù attiva, inframmettente, turbolenta, crociata, le religione delle isteriche fantasie, la pietà rivoluzionaria, la carità del trambusto, il fervore che arrota i denti e mena le mani, l'arruffio continuato, il perpetuo sussulto. Il prelato invece era un vero gentleman inglese in veste talare: si chiamava Edmund Stonor. Non mancò un giorno di venir a visitarci. Parlava bene l'italiano benchè con accento straniero, pacato, senza mai alterare d'un punto la voce e con grande compostezza e parsimonia di gesti. Per qualunque servigio era con noi cortesissimo e molto s'adoperò in favor nostro. Quieto, gentile, moderato, era un vero cavaliere di modi e d'aspetto. Non ebbe mai una parola di rimprovero per noi, non una recriminazione. Anche Giovannino nei suoi Ricordi parla di lui con molta riconoscenza. So che vive ancora qui in Roma. Non so quale grado coprisse allora alla Corte Pontificia, non so quale occupi ora. Non credo però che abbia fatto carriera politica; forse ama più la propria indipendenza che gli onori ed i fasti della diplomazia. Di famiglia credo fosse ricco: per noi allora avea un solo torto, quello d'essere prete. La visita fu un po' lunga; le interlocutrici erano donne e quindi avevano molta curiosità da soddisfare. La fissazione loro, come quella di tutti, era che la nostra fosse una banda di fuorusciti e non una colonna venuta dal confine. Verso il mezzogiorno un ufficiale spalancò i due battenti della porta annunciando il Generale! Entrò infatti un ometto piuttosto vecchio, adusto, in assisa da generale, accompagnato dallo stato maggiore e dai medici dell'ospedale. Era il generale Zappi di Imola, comandante il presidio di Roma. Per primo gli fu presentato Giovannino. Gli chiese come stava, gli domandò notizie della spedizione nostra, ebbe parole di compianto per le nostre illusioni. Giovannino approfittò del momento per chiedergli conto della salma del fratello e pregarlo a volersi adoperare perchè ne fosse eseguito il trasporto a Pavia con ogni cura e decoro. — Di questo Ella non deve dubitare; sarà compito mio. Giovannino arrischiò allora un'altra domanda e cioè di poter assistere egli stesso al trasporto. Il generale aggrottò le ciglia. — Ella non può ignorare, rispose, in quale condizione si trovi qui. Ella è prigioniero di guerra, e le leggi militari non permettono per ciò che possa uscire finchè non sia stipulata una regolare consegna dei prigionieri. Accordarle ora l'uscita dallo spedale mi è assolutamente impossibile. Però può star sicuro che da parte mia farò quanto sta in me per accontentarla interpretando io benissimo i di lei sentimenti. Poi venne al mio letto. — Ah, voi leggete, esclamò togliendomi di mano il libro e guardandone il titolo (Kenilworth). Il modo dell'esclamazione parea volesse dire: Ah voi sapete leggere! Infatti la prevenzione di una gran parte dei prelati, ufficiali e visitatori in genere che venivano da noi, si era che i garibaldini fossero nulla più che dei ragazzacci ignoranti sedotti dal fanatismo; forse a ciò contribuiva lo stato nostro miserevole di vestiario e di toeletta, dal quale essi non sapevano prescindere nel giudicare della cultura e del grado delle persone. — Ah voi leggete! mi disse; ecco, è un romanzo. Infatti nelle vostre idee, tenetelo bene a mente, c'è molto romanzo e pochissima storia; c'è della poesia, ma vi manca la prosa. Voi credevate di venire qui a fare la rivoluzione e che Roma insorgesse come un sol uomo. Nulla di tutto questo; lo avete constatato anche voi. Neppure Viterbo si è mossa. L'avete veduto coi vostri occhi stessi dai Monti Parioli che la Roma eterna non si muove. Queste le testuali ed autentiche parole che lo Zappi, generale pontificio, disse a me il giorno 25 ottobre a mezzodì. Poche ore dopo accadeva l'eccidio di casa Aiani in Trastevere, tentativo eroico di Roma italiana, ahi pur troppo isolato e soffocato nel sangue! bastevole però a dare una mentita solenne al generale. Roma non si era mossa, perchè esilio e carcere aveano dispersi i patrioti e, fatte poche eccezioni, non restavano in città che gli stranieri, i venduti e i rinnegati. In quella mattina avemmo pure una breve visita di Monsignor De Merode. Parlò col pseudo Colloredo e da ultimo gli chiese quale mira avevamo con lo spingerci fin sotto le mura di Roma. — Portarvi la rivoluzione, rispose Mosettig. — E quanti eravate? — Settantotto. — Matti da legare! sclamò Monsignore scoppiando in una sonora risata e dato un lieve scapaccione sulla fronte al Mosettig, faceva atto di andarsene, ridendo sempre come si trattasse della più lepida cosa del mondo. Inavvertentemente però la mano piuttosto pesante di sua Eccellenza aveva fatto un piccolo danno, avea rotto cioè al Mosettig l'occhialino ch'ei sempre portava. — Oh, chi rompe...? osò, scherzando, esclamare il Mosettig levando in alto le lenti col cerchiello rotto e in attesa di risposta.

— Paga, paga, avete ragione. Ci penso io non dubitate, soggiunse tosto il prelato avvedutosi del malanno. Ma che matti! che matti graziosi! E se n'andò ridendo sempre in modo da far credere che il matto fosse lui. Un'ora dopo all'incirca, si presentò nella sala un signore con una cassetta. Era un ottico e veniva da parte di S. E. Monsignor De Merode ad offrire al conte Colloredo un occhialino a sua scelta in sostituzione di quello che gli era stato rotto. Ve n'era d'ogni qualità, d'oro, d'argento, d'acciaio, di tartaruga. Il Mosettig ne scelse uno simile al rotto, che consegnò ravvolto in un foglietto di carta al negoziante. — Che è questo? domandò egli. — È roba di Monsignore. Chi rompe paga, sta bene; ma i cocci sono suoi. L'ottico rise e portò seco i cocci. Il secondo giorno il Castagnini, ch'era il ferito più lieve, potè alzarsi da letto: io invece fui preso da febbre, la febbre di reazione. Contemporaneamente mi si gonfiarono le tonsille e mi pigliò male alla gola, effetto dell'umidità assorbita i giorni prima. Quello che peggiorava era il povero Moruzzi. Già dal suo stato chiaramente si comprendeva quale dovesse essere la sua sorte. Non gemeva, ma urlava; si lamentava e ad ogni istante desiderava cambiar di posizione. La ferita al basso ventre gli toglieva la possibilità di orinare e quest'era il sommo suo tormento. Sul proprio destino non avea dubbio e lo incontrò rassegnato. Chi ne lo fece sicuro fu un medico balordo, di cui spiacemi non ricordare il nome e che accompagnava appunto il generale Zappi. — E questo che cos'ha? domandò il generale passando dal mio al suo letto. — Ha una ferita mortale — rispose freddamente il medico. Allungai il braccio sano e diedi una solenne strappata alla tunica di quell'imbecille per richiamarlo. Il generale stesso cercò di coprire la risposta e continuando quasi il discorso fatto dapprima a me, lo incuorò a stare di buon animo. Ma il Moruzzi aveva udita la fatale parola ed al generale che gli chiedeva se gli occorresse alcunchè rispose: — Desidero sapere schietta la verità sul conto mio. Il generale naturalmente non gliela disse, ma il Moruzzi non ebbe più alcun dubbio su di essa. La sera del 27 cominciò ad aggravarsi. Il letto gli era diventato insopportabile. Nostro infermiere in quella sera era un legionario d'Antibo. Fortunatamente il Moruzzi, che era stato molti anni a Ginevra, parlava correttamente il francese. Si faceva voltar di fianco, mettere supino, voleva alzar la testa, appoggiarsi ai gomiti, muoversi, girarsi, pativa una sete ardente, chiedeva da bere, si sentiva soffocare. A notte inoltrata cominciò a singhiozzare interrotto. Il cappellano militare lo sollecitava perché facesse le sue devozioni; il povero infermo lo pregava a sua volta di volerlo lasciar in pace. — Se provasse Ella a soffrire quello che soffro io! — gli rispondeva. E il cappellano ripigliava lena ed argomento da ciò e lo scongiurava a rivolgersi a Dio, il consolatore degli afflitti: finalmente, vedendo che non riusciva a nulla, si volse a me interessandomi onde persuadessi il compagno. Io gli risposi che il poveretto era troppo aggravato ed avea bisogno di quiete e che non mi pareva opportuno tormentarlo con inutili esortazioni in quegli istanti, dal momento che non si persuadeva. Tacque infatti e si limitò a pregare in silenzio. L'alba non era ancora spuntata e il povero mio amico aveva cessato di soffrire. Una candela fu accesa appiè del suo letto ed il prete vi si inginocchiò accanto recitando le preci dei trapassati. La mattina il cadavere fu trasportato alla cella mortuaria e di là al Campo Verano, dove non so se un cippo, per quanto modesto, abbia mai ricordato il suo nome. Le giornate scorrevano tristi, lunghe, noiose. Si contavano i giorni passati, si chiedeva sempre ai medici quanto tempo ci sarebbe voluto a guarire. Essi ci trattavano con cura e con attenzione e s'intrattenevano volentieri, specialmente col Bassini, che era allora laureando in medicina. Ora è professore di chirurgia all'Università di Padova e mirabile operatore. Dei medici che conobbi allora, mi è rimasta buona memoria, ed ancor m'accade di rivederne qualcuno. Uno di loro da poco tempo è scomparso. Però forse non v'ha persona che percorrendo qualche via del quartiere dell'Esquilino fino a pochi mesi or sono, non siasi abbattuto in una fisionomia asciutta, naso lungo, occhi bigi, figura allampanata ed infilata in uno stifelius di panno chiaro scendente ai talloni, tuba nera, guanti di lana chiari, pantaloni a campana disegnati a quadrelli chiari con uose colorite alle piante, andatura lenta, mani pendenti a tergo, come temesse sciupare l'originale abbigliamento. Quello, non ne farò il nome, fu il primo medico che ci prese in cura all'ospedale di Santo Spirito. Uno solo di quei medici non mi ha lasciato buona memoria di sè, quello già accennato più sopra parlando del Moruzzi, e la cui sciempiaggine andava di pari passo colla pretesa. M'era decisamente antipatico: doveva essere anche un vigliacco. Un giorno, quando cominciai ad alzarmi di letto, avendo perduto il mio famoso caschettino ungherese, mi misi in testa un altro copricapo, che trovai, d'un mio compagno: era di quelli alla calabrese. Appena l'antipatico dottore me lo vide, me lo tolse di botto dicendomi che quello era un abbigliamento da facinoroso. Non so che cosa io gli abbia replicato, ma egli tagliò corto conchiudendo che era un cappello anticattolico! Guardate un po' dove ficcava costui il cattolicismo! Oltre alle infermiere di servizio, frequentavano la nostra sala dei flebotomi che assistevano alle medicature. Un giorno uno di essi s'era tolto il cappotto e l'avea appoggiato su d'una sedia. L'esculapio sopralodato nel girar l'occhio vide da una delle tasche sporgere il calcio d'una pistola. Piantò lì la medicatura, corse a prendere il cappotto e levatane la pistola: — Di chi è quest'arma? cominciò a strillare. — Mia, signor dottore. — E avete il coraggio di confessarlo? — Che c'è di male? — C'è che questo non è luogo da venire con armi. L'ospedale è luogo di pace e non di guerra. Portate via, subito! subito! e lo diceva con tale risolutezza ed era tale il suo orgasmo da farci comprendere chiaramente ch'egli temeva la presenza d'un arma in quella sala. Temeva che ce ne servissimo; forse sentiva di meritarselo. Dopo il 1870 questo signore emigrò col corpo degli zuavi dello Charrette ed essendo còrso, andò a portare in Francia contro i tedeschi il suo coraggio e la sua scienza. Oltre a monsignore Stonor, alle due signore ed a monsignor De Merode, venivano anche spesso a visitarci quel prete grasso che fu a levarci a Villa Glori, qualche cappellano militare e i monsignori Ricci e Talbot camerieri segreti di sua Santità. Quest'ultimo monsignore era stato preso anch'egli dalla malinconia di volerci convertire alla fede e ci portava ogni volta delle medaglie, dei rosari e dei libretti di Massime Eterne. Un giorno gli chiedemmo se le medaglie erano d'argento e avendoci risposto di no, ci fu chi ebbe il coraggio di rimproverargli, scherzando, la povertà del regalo. Un buon uomo in complesso, anzi un gentiluomo, ma di corta misura. In quella veste poi era addirittura un gentiluomo proibito! Discendente dall'illustre famiglia dei Talbot, che diede luogotenenti e viceré d'Irlanda celebri per il loro attaccamento agli Stuardi, costui avea fatta rapida carriera alla Corte pontificia; ma l'esaltazione ascetica finì col pregiudicarlo. Si era proposto di convertire al cattolicismo la sua patria e assorto in tale idea andò in Inghilterra a predicare. Fu fatto segno immediatamente agli strali dei pubblici diarii, e la derisione fu tale che il pover'uomo finì con l'uscirne pazzo. Ma non era il solo Talbot che avesse il ticchio di fare il missionario fra i garibaldini. Anche il De Merode ci si adoperava e avea preso di mira principalmente il pseudo conte Colloredo, al quale andava facendo delle lunghe ammonizioni. Un giorno venne anche un frate dal profilo lungo ed adusto, in abito bianco, un vero tipo di asceta. Egli prese invece di mira me, forse perchè ero il più giovane, e venne a dirmi che era un sacerdote cattolico. Gli chiesi che cosa con ciò volesse significare. — Se volete riconciliarvi con Dio, mi disse. — A dir vero non sono mai stato in collera con lui, risposi sorridendo. — Ma avete bisogno di confessarvi, replicò. — Non sento questo bisogno. — No? tuonò adirato. Ebbene, ricordatevi che Cristo è morto per voi; non vi dico altro. Poi girò sui tacchi e senza lasciarmi tempo di replicare, andò dal Cairoli, dal Bassini, dal Papazzoni, da tutti, di letto in letto, replicando enfaticamente ad ognuno: — Ricordatevi che Cristo morì pure per voi, per voi, per voi, e se ne andò ritenendo di aver fatto in noi chi sa qual terribile sensazione. Mi fu detto che era un generale non so se dei domenicani o dei carmelitani. Se questo è il generale, pensai fra me, che cosa sarà l'armata? Era morto da due o tre giorni il Moruzzi, quando un dopo pranzo venne un ufficiale coll'ordine di trasportare alle carceri i numeri uno, tre e sette, che corrispondevano ai nomi di Cairoli, Bassini e Castagnini. Il Bassini infatti avea occupato il posto vicino al mio lasciato vuoto dal Moruzzi. Invano facemmo osservare all'ufficiale che era materialmente impossibile il trasporto del Bassini; egli insisteva pretestando l'ordine ricevuto. Mi offersi d'andar io in sua vece. Non ne volle sapere. Replicò che io era il numero due e che egli avea l'ordine per il numero tre. Finalmente ci riuscì di far chiamare un medico, il quale constatò la gravità del ferito e sulla propria responsabilità contrordinò il trasporto per il Bassini, che così rimase con noi. Ma Giovannino e il Castagnini ci dovettero lasciare e ci dividemmo colle lagrime. Fu quello l'ultimo bacio. Il povero Giovannino non lo dovevo più rivedere!

XII.

Nuovi tormenti e nuovi tormentati.

— Madre superiora, noi ci presentiamo ancora una volta al venerabile arcispedale di Santo Spirito. Sia ringraziato Iddio benedetto! Per noi è andata abbastanza bene, ma le garantisco che fu un brutto affare, assai brutto. Queste parole, colle quali uno dei medici, e precisamente quello eccentrico che ho più sopra descritto, salutava la Superiora delle suore entrando nella nostra sala dopo due giorni d'assenza, ci fecero intendere che qualche cosa di grave dovea essere accaduto. Nulla, già lo dissi, a noi si lasciava trapelare di quanto avveniva fuori dell'ospedale. Dei fatti di Porta S. Paolo, del Campidoglio, di Casa Ajani, di Monte Rotondo noi non sapemmo nulla fino all'arrivo dei feriti di Mentana. Potemmo però comprendere chiaramente da quelle parole che un fatto d'armi era occorso e favorevole ai nostri. Infatti quel sanitario era reduce da Monterotondo. Alla porta della sala c'era costantemente una sentinella che avea consegna di non lasciar passare se non le persone conosciute e quelle addette al servizio. In quella sera uno dei flebotomi che diceva essere stato sanitario al tempo della repubblica romana, mi confidò sottovoce e sotto sigillo che l'indomani Garibaldi avrebbe assalita Roma. Questa notizia, ripetuta fra noi, ci riempì di gioia. La tristezza e la preoccupazione invece nell'ospedale si vedean dipinte in volto a tutti, militi, suore e prelati. Aspettammo impazienti il domani, certi di sentire all'alba tuonare il cannone, invece...... nulla. Le visite in quel giorno furono pochissime. Evidentemente gli animi erano tutti assorbiti da altri pensieri. Scorsero così due giorni di penosa aspettativa, giorni lunghissimi, noiosi, insoffribili. Ma alla sera del secondo giorno un prete molto ciarliero, già cappellano nell'armata francese e che veniva spesso ad annoiarci discutendo di politica con quella tracotanza che è tutta propria della sua nazione, venne a visitarci e quasi trionfante ci disse: — Ora sarete contenti: le truppe francesi stanno sbarcando a Civitavecchia. Infatti era vero. Il giorno seguente parecchi ufficiali francesi vennero a visitare l'ospedale. Uno di costoro vedendo appesi ai nostri letti scapolari e medaglie (regali di monaci e suore) ci credette feriti papalini e si rallegrava con noi perchè la nostra devozione ci avea salvati dalla morte. L'equivoco ci fece ridere non poco ed ei rimase, a dir vero, un po' male quando se ne accorse. Noi però ancora speravamo! Ma al mattino del giorno 4 novembre d'improvviso la porta della nostra sala si spalancò e questa fu invasa da una turba di flebotomi ed infermieri. Poco dopo comparvero quattro soldati sostenendo un ferito, poi un altro, poi un terzo, un quarto. Alcuni potevano camminare, altri eran portati a braccia o sovra un materasso, molti gemevano, altri imprecavano, chi era ferito alla testa, chi alle braccia, chi al petto, e tutti erano trasportati in una stanza attigua alla nostra, ove erano stati adattati alcuni letti. Erano i feriti di Mentana. Uno scoramento indicibile ci prese allorchè potemmo apprendere la triste realtà dei fatti. Si deplorava vivamente l'accaduto, si narravano particolari dolorosissimi, s'imprecava al Governo che non avea dato aiuto, si gridava, si giurava la riscossa. I francesi si sarebbero fucilati, l'imperatore impiccato, il Governo italiano posto in istato d'accusa. L'irritazione era al colmo, perchè il disastro era grande, la catastrofe immensa. Si parlava di eletta gioventù sacrificata, si diceva la colonna Valzania distrutta, i carabinieri livornesi rimasti pochissimi, Garibaldi sconfitto per la prima volta in sua vita, soprafatto dal numero, dalle armi eccellenti, dalle truppe fresche; feriti parecchi graduati, Stallo, Bezzi, Ronco, e fra tutte queste narrazioni i gemiti affermanti la terribile realtà dei fatti, lo strazio dei moribondi, le chiamate, le grida, la disperazione, la morte! Gli infermieri, le suore, i militi accorrevano al letto ora di questo ed ora di quello. I medici prestarono le prime indispensabili cure e per tutto quel giorno fu un tetro affaccendarsi a collocare feriti, a rifar letti, a moltiplicar giacigli. Ma sventuratamente arrivavano sempre nuovi convogli. Le sale dell'ospedale di S. Spirito erano incapaci a tanti ricoverati. Perciò l'indomani si dovette pensare ad un provvedimento. Per quella notte però tutti furono adattati alla meglio in S. Spirito. E fu una notte infernale. Nella nostra stanza ce n'erano stati collocati tre, uno dei quali gemette per lo spasimo dalla sera all'alba. Nella stanza attigua s'udivano grida interrotte, lamenti, urla, scoppi di pianto, imprecazioni, si sentiva chiamare gli infermieri, le suore, i medici; e tanto strazio durò tutta la notte quanto fu lunga! Nel mattino passò e ripassò il cappellano militare recitando preci, e dietro a lui erano soldati che reggevano enormi involti in lenzuola chiazzate di sangue. Erano due individui portati all'ospedale già moribondi e vaneggianti, morti nella notte senza che se ne potesse sapere il nome! Forse erano padri di famiglia, forse i loro parenti li aspettano ancora, li crederanno dispersi, fuggiti; non avendo avuto nessun annunzio della loro fine, ancora spereranno! Tra i feriti collocati nella nostra sala ce n'era uno, maestro elementare, cui una palla avea offeso il dito medio della mano diritta che si dovette disarticolare. Non potendo scrivere, mi creò suo segretario e mi dettò parecchie lettere da spedire a suoi parenti ed amici. Tutte su per giù aveano lo stesso stile e dicevan le medesime cose. Sembrava che n'avesse preso il modello da qualche epistolario. Nel primo giorno dopo il loro arrivo tutti i feriti furono trasportati in un locale a due piani situato a piè della salita di S. Onofrio e appartenente a monsignor Ricci commendatore di Santo Spirito. Due o tre giorni prima dei dolorosi avvenimenti di Mentana ebbi una lettera dalla mia buona mamma, la quale si struggeva perchè non poteva venire in mio aiuto, e mi pregava di dirle in qual modo mi avrebbe potuto spedire soccorsi. Se non temessi urtare la delicata sua riservatezza, la riporterei, perchè rispecchia al giusto i sentimenti d'una vera madre italiana. La lettera, come al solito, portava in fine il visto del general Zappi. Prima ancora però che io rispondessi, venne incontro al desiderio di mia madre un nostro conoscente che avea qui in Roma qualche influente relazione. Una sera si presentò al mio letto un cappellano militare e mi fece scivolar tra mano venti scudi, dicendomi che questi me li mandava il professor Luccardi da parte di mia madre e che l'indomani sarebbe venuto in persona il detto professore con Sua Eccellenza il Ministro delle armi a consegnarmi il restante d'una somma che avea ordine di farmi tenere. — Così pure, soggiunsemi, se anche il conte Colloredo avesse bisogno di qualche cosa, il professor Luccardi è dispostissimo in suo favore, essendo amico di suo padre, il conte Giuseppe. Il Luccardi ed il Kanzler erano cognati perchè mariti alle signore Vannutelli, romane e parenti, se non erro, ai due monsignori, ora cardinali ed al pittore. Partito il cappellano, comunicai la cosa al Mosettig. Ne fummo impensieriti. La scoperta del pseudo Colloredo in faccia al Ministro delle armi era inevitabile. Chi potea immaginarne le conseguenze? Al postutto però non si trattava che di una sostituzione. Si stabilì quindi che io alla meglio con segni e con gesti facessi intendere al Luccardi il mutamento di nome pregandolo a non tradirci. Il Luccardi però io non lo conosceva e quindi tornava non poco difficile il mio assunto. All'indomani, alle dieci del mattino vennero infatti il generale ed il Luccardi colle rispettive signore, ma io non ebbi nè tempo nè modo di farmi intendere. Era del resto affatto superfluo, perchè il Luccardi, accostatosi al letto dell'ammalato che tentava celarsi: — Ah ecco, esclamò, questi è Colloredo! già lo si ravvisa subito, è suo padre spiccicato; tale e quale, nè più nè meno! Respirai, ed anche il Colloredo, preso coraggio, si scoperse il volto senza timore per poter dar campo al Luccardi di trovare nuove rassomiglianze. Infatti egli andava ripetendo: — Tutto, tutto suo padre: eravamo tanto amici! Quanto era viva la mia apprensione prima, altrettanto ridevo in cuor mio dipoi. La cosa infatti volgeva in burletta. Per comprendere la quale bisogna notare che il Luccardi dimorava qui in Roma da molti e molti anni e che se in passato avea conosciuto ed era amico dell'ottimo conte Giuseppe Colloredo, ora defunto, non conosceva però alcuno dei figli suoi o quanto meno li avea conosciuti piccini. Questo professor Luccardi venne poscia altre volte a trovarmi. Era in complesso un buon uomo: non fu però buon italiano quando accettò da Pio IX l'incarico di fare il monumento commemorante i soldati pontifici a Mentana, monumento che, in omaggio alla politica tolleranza, si ammira ancora a Campo Verano. Lo rividi poi nel 1870 e fui a visitare anche il suo studio, ma quantunque dovessi riconoscere il merito di taluno dei suoi lavori, pure quel monumento non glielo potetti mai perdonare. E poichè gli dissi l'animo mio francamente quando era vivo, posso ora liberamente ridirlo senza per questo che la sua fama venga offuscata o scemato il suo valore come artista. L'Ajace, uno dei primi suoi lavori, ebbe plausi ed onoranze, ed il Caino, il gruppo del Diluvio, il Raffaello e Fornarina gli procacciarono nuova fama. Il Diluvio anzi venne molto ammirato all'Esposizione mondiale di Parigi di quell'anno e gli fruttò la croce della Legion d'onore. Fra gli altri pochi che spesso ci venivano a visitare, oltre a monsignor Stonor che ci recava frequenti notizie di Giovannino, vi era pure un monsignor Tizzani, uomo di molta coltura e intelligenza, ma per sua sventura vecchio e cieco. Era stato vescovo di Terni, poi avendo perduta la vista, venne creato vescovo in partibus di Nisibi. Campò ancora molto a lungo ed è morto solo da pochi anni. La conversazione sua era molto piacevole, perchè aneddotica e perchè rivelava un uomo di scienza e di studio. Eppure anch'egli, parlandoci un giorno d'un suo cane da guardia affezionatissimo, lo chiamava Lutero! Piccinerie dell'intransigenza ed effetto d'ambiente che pur troppo talora subiscono anche gli spiriti elevati! S'intratteneva volentieri col Bassini ragionando di medicina, per la quale pare avesse una speciale inclinazione. Anzi ci portò un suo opuscolo stampato su alcuni casi di elefantiasi; non ci seccava mai nè colla confessione nè colle devozioni. Intendeva adempiere un dovere di carità visitandoci ed intrattenendosi con noi, e questo dovere si vedea che l'adempiva con vero sentimento e con profonda convinzione. Non così potea dirsi d'un giovinotto vanitoso e scapato, quintessenza di sanfedismo sposata ad una donchisciottesca posa di crociato, un giovinotto, che venne un dì a visitarci appunto mentre stavamo conversando con monsignor Tizzani. Seppi dipoi che era un notissimo principe del patriziato romano. Questo signore, italiano pur troppo, baciata la mano al vescovo, prese a magnificare le fatiche ed i disagi da lui sostenuti in quei giorni per la difesa del papa, ossia nel dar la caccia ai nostri, e finiva coll'invitare il prelato ad ammirare l'abnegazione sua e dei suoi compagni i quali, mentre dai garibaldini non avevano avuto che sprezzi di ogni maniera e sputi in faccia (così diceva lui!), ora s'affaccendavano tra l'ospedale di Santo Spirito e quello di Sant'Agata a rendere male per bene ed a soccorrere i garibaldini. Il vescovo gli rispose, e molto opportunamente, che di fronte alla sventura non vi sono partiti e che la carità, non facendo distinzioni di tal fatta, abbraccia tutti in un medesimo amplesso. E la risposta chiuse la bocca al petulante patrizio, il quale ora, fatto uomo e ripensando a quei giorni, troverà coll'esperienza acquistata per lo meno ridicole, se non deplorevoli, quelle giovanili sue smargiassate. I feriti all'ospedale di Sant'Onofrio erano sistemati e tutto era organizzato il servizio medico dipendente dall'Ospedale civile di Santo Spirito, quando un bel giorno venne l'ordine di trasportare anche noi assieme agli altri. Provammo un vivissimo dolore all'idea di lasciare quel luogo, dove per le cure del capitano Galliani ricevevamo un'assistenza tutta speciale e dove si godeva d'una quiete per noi preziosa. Anche lui ne provò dispiacere intenso. Da alcune sue mezze frasi e da un leggiero tono di rancore mal celato potemmo comprendere che egli subiva una sopraffazione e che il nostro trasloco non doveva essere se non effetto delle attenzioni da lui usateci, riferite ad autorità superiori, facilmente esagerate e forse alterate. L'ordine venuto alla mattina doveva eseguirsi subito. Fu ritardato di qualche ora in causa d'un avvenimento inatteso, la visita di Pio IX all'ospedale! Le porte infatti furono spalancate a due battenti, la sentinella presentò l'arma in ginocchio, s'udirono grida di Evviva Pio IX, evviva il Papa-Re! poi una figura bianco vestita, piuttosto pingue, apparve sul limitare, benedicendo. Un frate benedettino che seguiva il Papa più da vicino, lo condusse al letto del Mosettig per presentargli il conte Colloredo, di cui probabilmente a Pio IX si era in antecedenza discorso. Il Papa si accostò al suo letto e sporse la mano destra all'infermo perchè la baciasse. Questi finse di non comprendere l'atto, simulandosi molto aggravato dai dolori, e non la baciò. Al Papa non isfuggì il rifiuto, ne conservò memoria in appresso; intanto anche sul momento volle, indispettito, rendergli la pariglia. Chi conobbe da vicino Pio IX e la infantile sua vanità che lo rendeva tanto sensibile alle lustre ed alle compiacenze personali, potrà farsi giusta ragione di questa meschina vendetta. — Soffrite molto? gli chiese. — Si, rispose asciutto il Colloredo. — Ebbene, pigliate questi dolori quale salutare penitenza dalla mano di Dio e chiedetegli perdono d'averlo offeso! E suggellò l'amorevole conforto con l'apostolica benedizione! Il padre benedettino che l'accompagnava e che, come seppi dipoi, era un Casareto di Genova, all'udire le parole del Papa s'intenerì e gli si mosse una commozione sì abbondante che egli si stemperava in lagrime di gioia le quali gocciavano a quattro a quattro, mentre egli andava esclamando: — Ah, Santo Padre! ih, Santo Padre! quale degnazione, quanta bontà! e piangeva come un ragazzo. Poco dopo, partito il pontefice, s'affrettò a rientrare per sentire da noi l'impressione di quell'avvenimento, che per noi doveva essere, secondo lui, veramente straordinario e da segnarsi albo lapillo. Era ancor tutto gongolante e badava a dirci: — Eh, ci eravamo commossi, non è vero, alla visita del Santo Padre! non potevamo trattenere le lagrime!

quanta bontà! quanta dolcezza! Siete pentiti, non è vero? Vero, Colloredo? — Sì, rispose questi, di non averlo mandato a... Sopravvennero in buon punto gli infermieri ad annunziarci che la carrozza e le barelle erano pronte, altrimenti la frase del Mosettig, se avesse avuto seguito, avrebbe senza meno essiccate al buon padre Casareto le fonti lacrimatorie tanto facili e copiose.

XIII.

Sant'Onofrio.

Riveder la luce del sole dopo la prigionia, respirar l'aria libera a pieni polmoni dopo parecchi giorni d'ospedale è soddisfazione di vita nuova, è respiro di giovinezza! Non eravamo liberi, no, tutt'altro! anzi avevamo la certezza di andare a star peggio; ma per il momento quella boccata d'aria, la vista libera della natura ampiamente serena, del cielo purissimo, ci ricreava lo spirito come la promessa di giorni migliori. Mentre si attendeva sulla porta dell'ospedale un delegato militare il quale ci dovea scortare, si fece crocchio di curiosi intorno a noi. Ci guardavano e squadravano da capo a piedi come si guarderebbero gli zingari, ad una rispettosa distanza. Le nostre toilettes da Lazzari resuscitati o fors'anco la presenza delle guardie li teneva in riserbo. A Sant'Onofrio fummo collocati parte nelle sale superiori, parte nelle inferiori. Quell'ospedale improvvisato accoglieva circa centonovanta feriti, dei quali novanta nelle due corsie del primo piano e cento circa nelle sale del pianterreno. Da un riassunto istorico-clinico pubblicato dal dottor Bianchi nel 1871 sulla cura dei garibaldini prigionieri feriti nel 1867 e ricoverati all'ospedale di Santo Spirito in Roma, risultano i seguenti dati: Dei feriti, cinque erano romani di Roma, cinque della provincia, trentatre della Toscana, diciannove dell'Umbria, trentatre delle Marche, ventotto delle Romagne, diciannove dell'Emilia, ventitre della Lombardia, sei del Piemonte, sei della Liguria, sei delle provincie venete, tre del Trentino, un inglese ed un russo. Rispetto alle lesioni, centocinquantuno erano feriti di arma da fuoco, sedici erano feriti per arma da punta, nove per semplici contusioni o distrazioni, dieci erano affetti da malattie mediche e provenienti dalle prigioni del palazzo Salviati, due non avevano lesioni e due cessarono, come dissi, di vivere poco dopo giunti all'ospedale senza che si potesse precisamente conoscere il gravissimo loro stato. La maggior parte delle ferite, come si vede, erano di arma da fuoco e aveano colpito le estremità inferiori. Dei feriti centotrentasei guarirono ovvero partirono in lodevoli condizioni (io fra questi) e cinquantaquattro morirono. La mortalità fu dunque del 27 per cento. E per i medici aggiungerò che la morte fu cagionata: per ventiquattro, da ferite trasfosse di vario genere; per due, da ferite penetranti nell'addome con lesione del retto e della vescica; per nove, da ferite penetranti nel petto, con grave lesione polmonare; per dodici, da fratture semplici; per cinque da fratture comminute, e due spirarono appena portati all'ospedale. E basti delle cifre. Appena entrato nella corsia, mi sentii chiamare per nome. Mi volsi e riconobbi il maestro elementare. Tosto mi pregò di scrivergli altre lettere, non avendo potuto trovare un nuovo segretario. Chi venendo dalla Città Leonina imbocchi la Lungara, a pie' della salita che guida a Sant'Onofrio, di fronte al manicomio, vedrà un locale abbastanza ampio che allora aveva la forma di un granaio, specialmente nel piano superiore. Ora venne ristaurato e ripulito e vi si è allogata la ditta Calzone e C., la quale vi stabilì un suo laboratorio di cartonaggio. Questo era il nuovo ospedale improvvisato. Il mio letto stava al piano superiore sull'angolo e portava, se ben ricordo, il numero ventiquattro. Si fece presto conoscenza coi nuovi amici, specialmente coi vicini. Fra questi rammento il capitano marchese Ronco di

Genova, gentiluomo distinto e soldato valoroso. Si era segnalato in tutte le campagne dell'indipendenza, rimanendo però sempre incolume. A Mentana invece era stato colpito nel momento in cui si credeva meno esposto, mentre stava ragionando con un suo amico, senza pensare menomamente a pericoli. La sua conversazione era piacevole, perchè colto ed arguto parlatore. Pochi anni dopo seppi con vero cordoglio da un comune amico che era morto, non però per la ferita o per conseguenze riportatene. Come si prevedeva, a Sant'Onofrio si era caduti in peggio d'assai quanto al trattamento. Mancava anzitutto la schietta cortesia del capitano Galliani; il vitto era ben altro da quello dello spedale militare; il servizio era fatto da inservienti di piazza o da infermieri salariati ben diversi dai militari. Cotesti infermieri ci frodavano atrocemente sulle spese e sulle commissioni. Il locale pure era basso ed opprimente e le finestre da un lato sovrastavano ad un letamaio od immondezzaio. Quindi le condizioni igieniche infelicissime. Da ultimo avevamo peggiorato anche quanto a libertà e perfino quanto all'assistenza delle suore. Quelle di Santo Spirito appartenevano alle dame di S Vincenzo, volgarmente dette Cappellone, dall'enorme cuffia a vela inamidata che portano in testa. Erano disinvolte, andavano venivano, e facevano le faccende loro con alacrità e senza inceppamenti o pastoie di regole e di prescrizioni. Queste di Sant'Onofrio, oltre all'avere un vestito incappucciato e chiuso, sembravano impacciate anche nel camminare, procedevano lente lente, nè potevano accostarsi al letto di un ammalato se non a due a due; avean l'aspetto gesuitico e per colmo erano brutte ed antipatiche. Seppi di poi che tra queste e quelle di Santo Spirito esisteva un odio implacabile, che non cessò finchè le Cappellone non furono sfrattate dall'ospedale e mandate lontano. Di queste ultime, ripeto, non posso dire che bene, e ricorderò sempre la madre superiora, ottima dama belga, che parlava distintamente l'italiano, disinvolta, franca, intelligente e di florido e piacevolissimo aspetto. Questo mi è rimasto talmente impresso, che pochi anni sono, ossia circa ventisei anni più tardi, trovandomi un giorno tra una corsa e l'altra fermo alla stazione di Catania e adocchiando un crocchio di suore che, reduci da chi sa quali lidi, si salutavano fra loro cordialmente, fra l'agitarsi di quelle candide cuffie che sembravan vele di navigli spiegate, mi colpì una fisonomia che fra me stesso giuravo di aver veduta altre volte, benchè certo forse dovesse essere di molto mutata dal tempo. Il fischio importuno della vaporiera mi impedì di fissare più oltre il placido sorriso della suora, ma quando era proprio il momento del partire, un lampo dei passati ricordi mi fe' trovare vivo e presente, fra le traccie d'una incipiente vecchiaia, il sorriso gentile della mia amabile infermiera d'un tempo. Il treno già si moveva ed istintivamente non potei a meno di mandarle colla mano un amichevol saluto. La suora chinò gli occhi. La poveretta l'avrà creduto uno scherzo ed era invece il saluto della riconoscenza che un antico suo ammalato le mandava. La malinconia dei frati e la vista di gendarmi in permanenza a guardia delle sale incutevano del pari un'uggia desolante. I frati cappuccini stessi che per il loro spirito d'abnegazione e di carità e per la povertà volontaria acquistano agevolmente la popolare confidenza, in quelle corsie e tra gli ammalati avean alcunchè di sinistro. Quel vederli soltanto intorno a moribondi ed a morti metteva ribrezzo. Ve n'era uno poi che avea un ceffo tanto ributtante ch'io avrei giurato che prima che frate fosse stato masnadiero. I meno antipatici fra tutti erano ancora gli zuavi di guardia. Venivano a tenerci compagnia e noi ce ne servivamo liberamente come di galoppini per comperar cibarie, frutta, vino, poichè diffidavamo di quella schiuma d'infermieri che ci stavano attorno. Gli zuavi uscivan quasi tutti da buone famiglie ed avean perciò modi cortesi ed umani. D'altronde il fanatismo stesso che li spingeva a Roma da lontano per farsi schioppettare in difesa della religione, li induceva poi in nome di questa a prestarsi in soccorso della sventura e ad esercitare in tal modo una delle così dette opere di misericordia che, com'è noto, accrescono il merito dei buoni cristiani. Avevano pantaloni larghi e saccoccie ampie e però, quando uscivano per le compere, ritornavano colle tasche letteralmente imbottite e donde traevano fondaci interi di commestibili, pane, abbacchio, vitello arrosto, salumi, bottiglie, formaggio, frutta; uno solo portava da desinare per quattro. Questi desinari a nostre spese erano talvolta indispensabili perchè il vitto dell'ospedale era per verità molto meschino. Per quanto noi si pregasse e scongiurasse il medico visitante di assegnarci nelle sue prescrizioni giornaliere il tutto vitto, il vino generoso e la minestra particolare, in complesso tutto si risolveva in un brodo allungato, un bocconcino di bollito ed un bicchiere di vino. Per chi avea d'uopo di rimettersi in forze era senza dubbio un foraggio scarso. Perciò quelli che non avean mezzo di provvedersi altrimenti, la facevano magra. Un caso fortuito ci apprese però il segreto d'ottenere miglior trattamento. Frati e monache riuscirono un giorno a persuadere uno dei feriti più aggravati a fare la confessione e la comunione. Volle la fortunata sorte che il ferito migliorasse. Non è a dire se frati e monache gridassero al miracolo! E da quel giorno l'ammalato fu ricolmo di carezze e le suore incaricate della distribuzione del vitto andarono a gara per ben trattarlo. Gli portavano brodi, pasticcetti, frutta, limonate. Tanto bastò perchè molti imitassero l'esempio di colui, sicchè in un attimo ci furono nel nostro ospedale conversioni in gran copia; e i preti, come è naturale, menarono di queste conversioni rombazzo non piccolo, ciò che torna a severo biasimo dei nostri. Comperarsi un vantaggio a prezzo d'ipocrisia è riprovevole e neanche la burla può servire di scusa. Chi si procacciò invece un miglior trattamento con sistema del tutto opposto fu un professore di scienze naturali, allora tenente di stato maggiore. Il casetto merita d'esser ricordato, ma è difficile riprodurre la scena: bisognerebbe aver conosciuti i tipi. Era costui uomo di carattere piuttosto bilioso e di temperamento irritabile: tutto lo infastidiva, tutto lo inquietava; era scrupolosissimo dell'ordine e della pulizia, ma amante de' suoi comodi, sofistico, esigente. Una delle prime sue cure, appena arrivato all'ospedale, fu di farsi fare il bucato e di mutarsi i panni dal capo ai piedi, di farsi rattoppare le scarpe e tenersele sempre lucide, di lustrarsi la catenella dell'oriolo, di costruirsi a fianco del letto una piccola toeletta, di rimpannucciarsi alla meglio provvedendosi d'una cravatta, d'un colletto e d'un cappello nuovi. Anche al vitto ci teneva, e però esigeva il pane cotto in punto, il bollito magro, la minestra particolare, il vino generoso, e via dicendo. Un giorno, chiamato da molti fra noi che avevano bisogno di mutare copricapo, venne il cappellaio in corsia ed avendone portati parecchi, li depose tutti su di un letto che tosto fu attorniato da compratori, fra i quali il professore in parola. Mentre tutti stavano negoziando, ecco scoccare il mezzodì, ora in cui le suore distribuivano il vitto. Una di esse, come di solito, precedeva posando sul letto d'ogni ferito un piatto di peltro; teneva dietro un'altra la quale deponeva nel piatto un pezzo di bollito. Le razioni erano numerate una per ammalato, non una di più, non una di meno. Essendo andata in lungo la contrattazione dei cappelli, qualcuno dei vicini di letto, approfittò, o da burla o da senno per appetito irresistibile, della razione destinata al professore. Ritornato costui e trovato vuoto il suo piatto, ritenne che la suora, perchè assente, lo avesse saltato e però reclamò la sua parte. La suora protestò d'avergliela distribuita, egli rispose che no; essa insisteva ed egli che avea poche cerimonie, le domandò ruvidamente se lo teneva per un burattino da dir una cosa per un'altra. La suora tacque e diede senz'altro al reclamante un'altra razione. Ma procedendo nella distribuzione quando arrivò all'ultimo e si trovò mancante una porzione, non potè trattenersi, e passando vicino all'amico, gli disse con un risolino: — Ah furbo il signore! s'è voluto trattar bene quest'oggi! Questi spalancò tanto d'occhi: — O che intende di dire? — Nulla. Se ha appetito, ce n'è ancora sa; basta che ella lo chieda. — Ma che crede dunque che io l'abbia ingannata? — Ohibò! L'ospedale non misura il vitto, se un ammalato ne ha bisogno. Solo sarà bene che un'altra volta Ella lo chieda francamente, senza ricorrere a sotterfugi. — Ma che sotterfugi! Io? replicava l'amico spazientito ed alzando la voce. — Si calmi, ha fatto benone, anzi benissimo! ripetè la suora sorridendo e scappando in fretta per non lasciar luogo ad alterchi. Il professore restò molto male. Gli parve di essere canzonato e quel che era peggio, canzonato da una monachella. Masticò veleno tutto il pomeriggio e perlustrò ogni angolo delle corsie per rintracciare la pettegola sua corbellatrice. La sera il caso portò all'ospedale la madre generala delle suore. C'era stata altre volte e la si conosceva. Era una donna piccola, traccagnotta e di lineamenti piuttosto grossolani. Camminava adagio ed a battute, come se il passo le fosse misurato da un metronomo; teneva sempre la persona e la testa ritte, come se avesse inghiottito un manico di scopa, gli occhi socchiusi e le mani in croce avanti al petto. Parlava adagio, con intonazione inalterabilmente melliflua; vero gesuita in gonnella! Dicono fosse potentissima e che il papa le accordasse udienza qualunque volta le piacesse di farsi annunziare. Costei procedeva passo passo accompagnata da una suora sua segretaria lungo le corsie. La vide il professore e senza tanti complimenti l'affrontò con questa apostrofe: — Madre superiora, Ella vorrà avere la compiacenza di richiamare all'ordine le sue dipendenti, le quali, mi sembra, dovrebbero avere l'obbligo d'assistere i poveri feriti e non di corbellarli. — Oh! sclamò la generala sgranando per la prima volta gli occhi, che è stato? E qui il nostro compagno, col dolce stile di cui ho dato un saggio, le narrò il fatto della razione sparita, dei suoi reclami e delle risposte sardoniche della monaca. Ma quale non fu il suo stupore quando, mentre s'attendeva la promessa d'una soddisfazione qualsiasi, sentì invece la generala replicare col suo tono melliffuo le stesse parole della monaca da lui accusata. — Ma bravo, ma bene, ha fatto ottimamente! — Ma io non domando degli elogi! — Ma sì, ma vada là! Quando ha appetito non ha che da parlare, si figuri se l'ospedale rifiuta.... — Ma che appetito o non appetito! Io interesso Lei, come superiora, a far valere la sua autorità.... — Sì, benissimo! Darò dunque ordine che il vitto Le sia accresciuto! — Ma non voglio questo io!... — Stia tranquillo, non dubiti. Ella ne ha tutto il diritto! — Insomma, io Le dico che se Ella non mette a posto.... — Sì, sì, sta bene! tutto quello che desidera. Vedrà, metteremo ogni cosa a posto e si troverà contento.... — Oh insomma, urlò l'amico scoppiando, io Le dico che sono stufo di chiacchiere e che le sue suore sono... E qui cadde, come Dio la mandava, una gragnuola di improperi, di invettive e di moccoli all'indirizzo delle povere monachelle. Noi si era fatto bossolo; le suore si erano ritirate impaurite e la madre superiora, per smorzare tanto fuoco, non badava che a ripetere: — Ha fatto bene! Ha ragione Lei, ma benone, tutto quello che desidera! E di quanto giovamento ciò fosse lo si può di leggieri argomentare! La mattina dopo, al letto del focoso amico, cui non era per il sonno ancora sbollita l'ira, mentre stava per alzarsi, si presentarono due suore, fra cui quella che era stata causa del chiasso. Ambedue gli porgevano dei panieri di frutta pregandolo da parte della madre superiora, che lo mandava a riverire, di accettare quel piccolo presente, chiedendogli in pari tempo scusa di avergli arrecato dispiacere e dello scandalo dato. — Ma che scuse, ma che scandalo, ma che frutta! gridò l'amico, dolce come un'istrice e facendo l'atto di buttar all'aria ogni cosa. Le monache spaventate posarono i panieri sul letto e fuggirono. Poco dopo, radunati intorno al letto parecchi di noi ed acquetato il fegatoso amico, facemmo festa alle frutta, e mandato a prendere un fiasco di vino bianco, le inaffiammo a piacer nostro. Per essere giusti però e per debito di storico fedele, debbo dire che ne fu offerto anche alle suore in segno di pace. Dopo quella scena l'amico non aveva che da chiedere qualunque cosa volesse e gli veniva tosto concessa. Dei feriti ricoverati a Sant'Onofrio molti versavano in uno stato gravissimo. Ricordo come ora un capitano romagnolo, uomo sulla quarantina: aveva una ferita alla gamba sinistra e non grave, anzi era prossima a cicatrizzarsi. Ma improvvisamente venne preso dal tetano. Due giorni interi spasimò orribilmente, aggomitolandosi e distendendosi, contraendo convulsivamente i muscoli del volto ad un terribile sorriso sardonico, mentre soffriva dolori d'inferno; finalmente il terzo dì soccombette. Anche a lui fu fatta molta ressa perchè si volesse confessare. Morendo, dispose che i pochi suoi vestiari li avessero due garibaldini i quali lo avevano assistito. Fu un casus belli! Il regolamento dell'ospizio prescriveva che gli oggetti di vestiario dei morti restassero proprietà dell'Opera pia: il testamento quindi fu dichiarato nullo e l'amministrazione del pio luogo ebbe quei pochi cenci. Questo individuo, pur troppo, posteriormente si scoperse che era indegno del nome e dell'assisa di garibaldino, perchè apparteneva ad una sètta sanguinaria. Fu certamente una disillusione crudele e però, tacendo della sua vita e avendo dovuto dire della sua morte, copro di un pietoso velo il suo nome. Un altro ferito vidi io pure morire, ed era degno della più alta pietà. Era un giovinetto di poco oltre i quindici anni. Veniva, mi si disse, da Mantova, dove trovavasi in educazione in quel seminario, ed era fuggito per seguire Garibaldi. Erano le prime armi che faceva, il poveretto, e furono anche le ultime. Vaneggiava; e più ancora che per la ferita gravissima d'arma da fuoco che gli passava il petto, morì delirante dallo spavento. Battutosi valorosamente alla baionetta ed atterrato da un avversario altrettanto forte quanto vile, venne preso di mira a bruciapelo, supino ed esanime e passato da parte a parte da piombo nemico, non so se italiano o straniero; forse è meglio ignorarlo. Al vedersi l'arma omicida puntata sul petto da quel vigliacco, il giovinetto, impotente a reagire, die' in un subitaneo delirio e perduto ogni sentimento, pazzo, fu trasportato all'ospedale e, pazzo di spavento e di dolore, spirò. E ricordo pure un gentilissimo e biondo inglese, Scholey, cui si dovette amputare il braccio sinistro, operazione che affrontò colla maggior serenità fumando il sigaro e ringraziando il dottore. Mi richiamava il povero Maroncelli nello Spielberg. Ma poi per successiva irrefrenabile emorragia dovette soccombere. L'amico Mosettig era stato collocato nelle sale a pianoterra assieme al Papazzoni. Io andavo quasi ogni giorno a trovarlo. Nella stessa stanza giaceva pure un giovane marchigiano, la cui ferita destava l'attenzione e l'interesse dei medici curanti perchè molto grave. Era una lesione alla vescica per arma da fuoco con permanenza del proiettile. Soffriva spasimi indicibili e la cura cui dovea sottostare, era oltremodo dolorosa. Eppure più tardi seppi che, partito in discrete condizioni, da ultimo era perfettamente guarito. Al letto del Mosettig trovai più volte un monsignor Antici Mattei, prelato domestico, protonotario, canonico, ecc., e più tardi cardinale, in cui la vacuità del cervello era pari all'albagia. Costui, sedotto pur esso da quel benedetto nome di Colloredo, s'era fitto in testa di voler procacciare al Mosettig migliore trattamento e di ottenere che fosse trasferito in una casa privata. Vane essendo riuscite le pratiche presso il Comando militare, senza meno ei pensò di rivolgersi a Pio IX in persona, contrariamente al volere del Mosettig. Pio IX che certamente ricordò l'accoglienza avuta dal Colloredo a S. Spirito, rifiutò qualsiasi concessione. Dolente il monsignore venne a riferire l'esito della sua missione, rimproverando al Mosettig lo sgarbo usato al Santo Padre e la irreligione dimostrata e non trovò migliore rimedio a tanto male se non, invitandolo dapprima e seccandolo dipoi in tutti i modi, perchè, confessato, facesse pubblica ammenda, in modo che il Santo Padre n'avesse piena soddisfazione; e andava ripetendogli: — Io riferirò a Sua Santità il vostro pentimento! mi incarico io di portare a' suoi piedi la vostra umiliazione! Vedrete che senza dubbio allora egli si degnerà d'ascoltare le vostre supliche e vorrà disporre per trovarvi un ricovero conveniente alla vostra condizione ed al vostro stato!... Un ultimo contrattempo ebbe il Mosettig a patire, sempre in causa di quel malaugurato scambio di passaporto; ed anche allora, trovandomi per fortuna presente, fui io che in qualche modo lo salvai. Venne un dì a trovarlo quel padre Colloredo che ho sopra ricordato, dei preti dell'Oratorio, un vecchietto, sulle cui spalle dovea certo gravare un secolo di carnevali. Egli, che da molti e molti anni non avea riveduto il paese natìo, cominciò a tempestare il Mosettig di domande relative al casato ed ai parenti. — Come sta mio nipote Girolamo? quanti figli ha? e il nipote Riccardo, e la Elisa? Vive ancora suo marito? E il fratello Giacomo? ed il nipote Martino? e il cugino Lucrezio? Il Mosettig che non ne sapeva una maledetta di quel parentado, fingevasi aggravato dal male per non rispondere e, per il poco che ne sapevo, rispondevo io in sua vece, e, quando non sapevo nulla nemmeno io... inventavo. Dio sa qual bella famiglia di fratelli, cognati e nipoti gli avrò creato! Col permesso del Comando superiore e debitamente accompagnati vennero in quei giorni parecchi forestieri a visitare l'ospedale e specialmente alcuni parenti dei feriti. Tra i molti ne rammento uno che rappresentava non so qual società democratica o comitato dell'Umbria o della Romagna che fosse, e veniva per reclamare la salma d'un garibaldino morto pochi giorni prima. Quella società o comitato non potevano scegliere rappresentante più infelice! Venne annunziandosi tout-bonnement per quello che era e non ricordo se recasse con sè anche coccarde o gonfaloni, ma è probabile. C'è sempre un santo per gli imbecilli e infatti costui riuscì a trovare chi lo introdusse nello ospedale. Ci venne perchè, tornate vane le pratiche per esumare e asportare il cadavere, voleva ricuperare gli effetti di vestiario, e cioè una camicia ed un berretto logori e macchiati. Avrebbero servito, diceva egli, per i solenni funerali, che si stavano apprestando a quel martire. — Vede, rispondevagli con un sorriso canzonatorio uno scaltrito cappuccino, vede, caro signore, le sembra, non dirò convenienza, ma elementare prudenza, di venire qui a Roma a nome dei framassoni a chiedere di queste cose? — Ma che ne vogliono fare di quei due cenci logori e sudici? replicava insistendo in buona fede il malcauto ambasciatore. — E che ne vogliono fare lor signori? — Devono servire pei solenni funerali, replicava egli ingenuamente. — Già: si apporranno sul feretro cogli strappi e le macchie di sangue in vista, su d'un catafalco in chiesa, e lì davanti ad una turba di vassalli e d'eretici che da anni forse non poser piede in un tempio cristiano, qualche tribuno indiavolato vomiterà bestemmie ed improperi alla religione, al Santo Padre, alla Chiesa. Abbia pazienza, caro signore, a Roma non si chiedono certe cose e ringrazi Domeneddio d'aver fatto capo a me anzichè ad altri. Ma quel signore insisteva e per poco non perdeva le staffe. La sua domanda sembravagli tanto naturale! Partito il frate, non potei a meno di consigliarlo a far tesoro dell'ultimo avvertimento datogli. Ad insistere c'era di che farsi legare. Ma egli ancora non era persuaso e non giurerei che tornato al suo paese, a proposito del consiglio da me datogli, non abbia esclamato: Col lupo si sta e col lupo si urla! Fra le notabilità diplomatiche o militari venute a farci visita non va dimenticato il cavaliere della Vandea, il colonnello degli zuavi De-Charrette. Si intrattenne a lungo in conversazione col capitano Ronco, al quale rese ampia testimonianza del valore con cui si batterono i garibaldini. Ci venne pure monsignor Ricci, governatore di Santo Spirito, proprietario del locale ove eravamo ricoverati, e già governatore d'Ancona nel 1861 all'epoca del fatto d'arme di Castelfidardo. Costui era un furbacchione matricolato; bastava parlare con lui per avvedersene. Fu, credo, l'ultimo dei governatori dell'opera di Santo Spirito ch'era un tempo ospizio ricchissimo. Monsignor Ricci aveva un figlio, un giovinotto che morì, se ben ricordo, nel 1872. Faceva parte della guardia nazionale a cavallo, corpo scelto fra il fiore dell'aristocrazia danarosa di Roma. I suoi commilitoni, dalla splendida montura e dagli stupendi cavalli, gli fecero corteo funebre brillantissimo. Credo anzi che un tal fatto per la sua pubblicità abbia poscia di molto raffreddato i rapporti dell'Eminentissimo padre con Sua Santità. Un giorno, nelle sale si presentò una dama francese accompagnata da una suora e seguita da un servitore in alta livrea che recava biancheria, indumenti, sigari e dolci. Essa sembrava molto interessarsi ai casi nostri, e la suora le accennava quelli fra i nostri che erano più bisognosi di vestiario. Passando vicino a me ed avendole io risposto in francese che per il momento di nulla avevo bisogno: — Coraggio, ragazzi, coraggio! replicò sottovoce in buonissimo italiano, e mi diè una stretta di mano lasciandovi cadere alcuni sigari, poi continuò disinvolta a fare la francese. Non credo però che la sua parte le sia riuscita fino in fondo, perchè più tardi la vidi alle prese colla madre superiora generale, che gentilmente volea persuaderla, poichè avea fatta la sua distribuzione, a voler lasciare l'ospedale. Chi fosse quella signora non mi fu dato di sapere neanche dopo. Un'altra invece venne col proposito deliberato di far la missionaria, come faceva Monsignor Talbot, e regalava a tutti libri di devozione, medagliette, Agnus-Dei. L'istituto De propaganda fide avea così fra noi per rappresentanti Monsignor Talbot... e la sua signora. Quale fine abbiano fatto quei libri ed amuleti sarebbe stato piacevole indagare. Per me, so benissimo qual fine fecero i sigari della mia francese, che furono davvero eccellenti. Il fumare era libero. Si fumava anche alla domenica mentre il prete in mezzo alla crociera celebrava la messa: condiscendenza, per dir vero, a quei tempi, in un ospedale di Roma quasi incredibile. L'abitudine da soldatacci in taluni di pipare e fumare eternamente era però tale che in quel luogo diventava addirittura crudeltà. Si fumava, si beveva e si rideva infatti senza scrupolo veruno, mentre avevamo vicini compagni di sventura che gemevano e morivano. In brevi giorni pur troppo s'era ridotti a tal punto! L'egoismo in date circostanze diventa sovrano ed il cinismo non ha limiti. Entrambi sono frutto dell'abitudine e l'abitudine è presto contratta nelle circostanze della vita in cui la necessità si impone e diventa legge. Io che rabbrividisco vedendo del sangue e cui la vista d'un cadavere fa ribrezzo, allora assistevo impassibile alle operazioni chirurgiche, e rammento d'avere, come se nulla fosse, pranzato accanto ad un letto sul quale giaceva un misero compagno spirato appena da pochi minuti! Le lettere che ricevevo da casa, non mi pervenivano più col visto del general Zappi, ma chiuse e suggellate; e questo mercè la gentilezza d'un prete, il cui nome mi è obbligo di segnalare in questo libro, chiudendo col suo ricordo il breve racconto di questi episodi di prigionia. Era monsignor Giovanni Biffani, già canonico di Santa Maria in Trastevere ed ultimamente cappellano al collegio militare. Parecchi anni or sono, vidi, con sincero rimpianto, annunciata la sua morte dai giornali; posso quindi scrivere di lui liberamente. Era un giovane sacerdote di cultura ed intelligenza distinte. S'era trovato prete e prete in Vaticano presso Pio IX, perchè figlio d'un famigliare del papa fin da quando era semplice vescovo d'Imola. Pio IX intese beneficare il fedele domestico concedendo un canonicato al figlio maggiore ancora in tenera età, e gli è perciò che il Biffani fu prete. Quando la capitale era ancora a Firenze, erano state notate in un diario fiorentino certe corrispondenze da Roma, che contenevano notizie molto esatte e particolari molto intimi della Corte del Vaticano. I sospetti caddero su monsignor Biffani, e non potendosi o non volendosi fare lo scandalo d'una espulsione, si ricorse al mezzo tradizionalmente sbrigativo, già altre volte usato in Vaticano, il veleno! Monsignor Biffani prima di coricarsi avea l'abitudine di bere una tazza di consommé. Una sera, essendo rincasato piuttosto tardi e sentendosi stanco, andò a letto senza sorbire la solita tazza che ordinariamente gli veniva lasciata sul tavolo del salottino d'ingresso. La bevve invece suo padre l'indomani, e poco dopo morì. Fu eseguita una segreta inchiesta e fu accertato il colpevole nella persona d'un prete che dimorava prossimo al Biffani ed era anzi in comunicazione di casa. Fu istruito un processo segretissimo, dal quale risultò che i tentativi d'avvelenamento erano stati fatti più volte e non si limitavano alla sola persona del canonico. Il reo fu condannato a vent'anni di galera, e del fatto fu severamente proibito far parola. Monsignor Biffani ragionava spesso con me, e più liberamente che con altri, delle speranze e delle aspirazioni nostre; confortava i prigionieri garibaldini, li incoraggiava, li assisteva ed i deboli sorreggeva, aiutandoli a camminare. Le sue attenzioni furono ben presto notate e dopo un primo rabuffo inflittogli d'ordine superiore da uno dei frati soprastanti, fu finalmente bandito dall'ospedale. Ciò fu però dopo la mia partenza ed egli stesso mi diede la notizia per lettera. Io, il Mosettig ed altri ancora gli consegnavamo le nostre corrispondenze, perchè le impostasse al coperto dagli occhi della polizia ed egli, per maggior sicurezza ancora, a tutte imprimeva il bollo della segreteria del Capitolo di Santa Maria in Trastevere. Le lettere per noi venivano dai parenti nostri a lui dirette ed egli fedelmente ce le portava premuroso. Nel 1870, quando ritornai a Roma, non sapendo ove dimorasse, impostai un bigliettino diretto a monsignor Biffani canonico in Santa Maria in Trastevere. Gli chiedevo se si ricordava ancora di me e gli domandavo il suo indirizzo perchè l'avrei veduto molto volentieri.. — S'io mi ricordo di lei! risposemi; ella favorirà domani a pranzo in casa mia, via della Lungara, alle ore 6. Ci andai, mi fece mille feste, mi fe' trovare a tavola con alcuni patrioti di Roma e tutti insieme, si ricordarono con commozione i giorni passati. Il canonico Biffani ebbe dalla corte papale vessazioni d'ogni sorta, a cominciare dalla revoca del titolo di monsignore fino all'ultimo e più feroce affronto al suo cuore di figlio, la grazia cioè accordata, dopo soli tre anni, al prete omicida. Costui continuò a vivere in Vaticano, mentre al Biffani, dopo sì feroce insulto, non si lasciò nemmeno la soddisfazione d'andarsene da sè, ma fu bandito. Monsignor Biffani morì consunto parecchi anni or sono, come dissi, ed io pago un debito di gratitudine ricordandolo in questo scritto. Il prete malfattore credo invece che viva tuttora. Venne però cacciato di Vaticano da papa Leone perchè all'epoca d'un pellegrinaggio spagnolo fu scoperto a trafficare in reliquie false.

XIV

Partenza.

Due o tre giorni prima della nostra partenza un frate francescano volle tentare per un'ultima volta di convertirmi, di farmi fare la confessione generale e la comunione. Chi ve lo spingeva, era un conte, guardia nobile del papa, al quale io era stato raccomandato da un suo parente per lettera, non tanto, diceva questa, per i bisogni materiali, quanto per le occorrenze spirituali. Questo conte venne a trovarmi, ma non ebbe il coraggio di fare in persona prima l'apostolo e perciò ne aveva incaricato il padre francescano. Avevo allora diciannove anni ed uscivo di recente da un convitto diretto da religiosi ove ero stato otto anni. L'impresa del padre cappuccino non sarebbe stata quindi per sè malagevole. In circostanze normali e richiamando i ricordi del collegio, il confessarmi e comunicarmi avrebbero rappresentato nulla più che l'adempimento d'una pratica di religione. Nelle condizioni d'allora invece sarebbero state una confessione di resipiscenza, una vera ritrattazione del mal fatto. Per questo io non volli saperne. Si voleva operare su di me una conversione per poi forse menarne vanto e gridare al miracolo; ed io non intendevo prestarmi a simile chiasso menzognero. Il padre francescano ricorse a tutti gli argomenti d'una sconclusionata dialettica per indurmi a fare quanto non volevo, e fra l'altre cose tentò di incutermi almeno un'oncia di rossore per trovarmi in quello stato ed in mezzo a quella compagnia di vassalli, com'ei li chiamava. Per far comprendere quest'uscita del frate, m'è forza accennare ad un fatto spiacevolissimo e per noi doloroso accaduto il giorno prima nella corsia. Alcuni nostri prigionieri che erano degenti allo spedale, perchè affetti da febbre o da altra malattia, guariti che furono, ad evitare il ritorno nelle carceri, cercavano di rendersi utili aiutando gli infermieri, assistendo i compagni feriti, prestandosi alla distribuzione del vitto, al riassetto delle corsie. La Direzione e la Polizia chiudevano un occhio e lasciavano fare. Uno di questi però, che era forse il più sollecito ed il più mattiniero e non isdegnava rendere anche i più bassi servigi con una abnegazione veramente mirabile, fu notato che bazzicava frequentemente al letto di un ferito il quale, per la immobilità cui era condannato, da noi si giudicava gravissimo. L'osservazione a lungo andare sì mutò in sospetto, che comunicato di bocca in bocca assieme a qualche tacito lagno, pervenne all'orecchio di uno dei gendarmi di guardia. Questi, in un momento in cui il compagno sano adempiva i soliti uffici, ordinò agli infermieri di mutar posto al ferito, poi fece rovesciare il materasso e nel saccone si trovarono pur troppo parecchi oggetti stati involati di sotto ai guanciali dei compagni mentre dormivano. Inutile dire l'indignazione generale. Tutti protestammo di non voler più per compagni quei due, ed infatti poche ore dopo una vettura della polizia li trasportava altrove. Il padre Francesco alludeva a questo fatto quando deplorava la mia condizione. Gli risposi che ogni regola ha la sua eccezione. Anche tra gli apostoli vi fu un Giuda e Cristo morì pur esso fra due ladroni senza che ne fosse per ciò disonorato! Il frate inorridì della risposta e del paragone, mi trattò da bestemmiatore e disperando di riuscire a nulla, desistette dalle inutili sollecitazioni. Se i connotati avuti non sbagliano, questo frate stesso pochi anni di poi fece più che insistenza, quasi violenza per poter assistere al suo letto di morte Urbano Rattazzi, di cui era conoscente ed amico. Non ricordo se riuscisse nell'impresa, nè se con l'illustre uomo di Stato i suoi tentativi abbiano avuto miglior fortuna che con me. L'ordine per la partenza nostra venne alla sera e si estendeva a tutti quelli la cui condizione di salute permetteva il viaggio. Dei vicini nostri partivamo io e il Bassini. Questi era allora in buone condizioni. Più tardi invece le ferite gli si riaprirono e sofferse una lunga e penosa malattia. Le bajonette gli avevano forato un intestino. La nostra partenza fu motivo di grande accoramento e di dolore per gli amici costretti a rimanere. Il capitano Ronco, la ferita del quale in quei giorni avea assunto aspetto cancrenoso, quando ilare e contento lo salutai facendogli coraggio:— Addio, addio, mi disse; non ci rivedremo più, sai.— Perchè? — Perchè io non uscirò di qui che per andare a Campo Verano! Baciai tutti gli amici, ci scambiammo vicendevolmente promesse ed auguri, salutammo con vera effusione d'affetto il buon capitano Galliani, ringraziammo i medici, e allegri come andassimo a nozze lasciammo l'ospedale per andare in patria. Invece andavamo a... Castel Sant'Angelo! Attraverso corridoi, scale ed androni, a suon di chiavacci e di cancelli arrugginiti, fummo introdotti in uno stanzone lungo e buio, difeso dal freddo e dall'umido della notte con impannate di tela e lungo il quale in terra era disposta della paglia con dei sacconi. Al lume delle fiaccole rividi il Campari, il Colombi e il Fiorini, i tre compagni che vollero rimanere nella vigna per curare i feriti, restando così prigionieri volontari, i fratelli Rosa di Bergamo ed altri che non ricordo. Nella stessa prigione stavano pure molti fra gli arrestati della città. Ce n'era d'ogni condizione. C'era pure un clown di compagnia equestre che ogni tanto per tenersi in esercizio dava spettacolo di salti e capriole. Costui stette in prigione fino al 1870 e appena liberato ritornò al primitivo mestiere. Il poveretto finì più tardi la vita in un ospedale di Bologna, cieco d'ambedue gli occhi. Rivedere i miei buoni amici fu per me somma consolazione; e in quella sera, per quanto ci fu permesso dalla presenza dei secondini e dei custodi, ragionammo a lungo dei casi nostri e delle passate traversie. Essi però erano più al corrente che noi di notizie, perchè le avevano giornalmente dall'Osservatore Romano, che un secondino recava loro piegato nelle fodere del suo berretto. Per questo incarico (del resto abbastanza arrischiato) veniva retribuito con una lira per ogni copia. Un pensiero ci angustiava, che con noi non ci fosse Giovannino, ancora detenuto alle Carceri Nuove, e pensavamo che forse il Governo papale volesse fare di lui un martire, lasciandolo soffrire chi sa per quanti anni in segreta. Quella notte non dormii, e nemmeno i miei compagni. Si sapeva di dover partire, si vegliò tutti al buio. A notte inoltrata, i chiavistelli delle porte girarono e comparvero finalmente alcuni secondini con torcie e con lumi. Fra questi se ne notava uno vestito da zuavo, aitante della persona e giovane ancora, ma inerme. Costui trasportò in braccio fino al basso il Bassini e qualche altro che non reggevasi in gambe, come avesse portato sacchi di piuma. Mi fu detto che era notissima spia, famigerato sicario e arnese segreto della polizia e che era riuscito colle sue arti a darle in potere parecchi compromessi politici. Vociferavasi ch'egli, unico in tutto il presidio, avesse l'accesso da Castel S. Angelo al Vaticano per il noto passaggio segreto riserbato ai pontefici in caso di cataclismi, e ciò perchè non s'arrischiava ad uscire in città, non essendo sicura la sua pelle se poneva piede fuor delle inferriate del Castello. Di là dirigeva con acutezza di vero cagnotto le sue operazioni di gran mastro caccialepre. Da Castel S. Angelo alla stazione marciammo a piedi al chiaror delle fiaccole. Era notte inoltrata e si traversò tutta Roma senza incontrare anima viva. Qual triste senso avrà dovuto fare un corteo simile, di notte, per quelle strade ove, anzichè prigionieri, due mesi prima speravamo di passeggiar trionfatori! Ma scommetto che quest'antitesi abbastanza dolorosa non ad uno dei nostri in quella notte passò per la mente. Il miraggio dell'imminente libertà e la certezza di rivedere fra brevi ore la famiglia era in quell'istante l'unico nostro pensiero. Il treno che doveva portarci al confine fu scortato da soldati francesi. A Civitavecchia ci arrestammo a lungo per attendere altri prigionieri provenienti da quel bagno: una torma di infelici, scarni, pallidi, smunti, abbattuti, veri pezzenti. Furono caricati in vetture di terza classe e stipati come le bestie. Anche fra loro ritrovai degli amici, Alberto Ceresa, Silvio Andreuzzi, Carlo Marzuttini ed altri. Un ufficiale francese della nostra scorta, avendo riconosciuto a quella stazione un altro ufficiale suo amico della legione d'Antibo, che gli chiese dove andasse, rispose che veniva fino alla frontiera a scortare cette canaille. Un capitano dei nostri l'udì, lo apostrofò come si meritava e credo ne seguisse una sfida. L'aspetto nostro esteriore però non dava tutto il torto al vocabolo. Al confine trovammo un altro inciampo. Il treno pontificio dovea retrocedere, ma il treno di ricambio da Grosseto non era ancora arrivato. Bisognò attenderlo più ore in rasa campagna con un freddo ed un vento micidiali. E ciò naturalmente fu causa che noi mandassimo le ultime nostre benedizioni al governo italiano, il quale appena arrivati al confine ci dava tosto un saggio del suo buon ordine! Ora, a pensarci bene, si direbbe: che c'entra il governo colle ferrovie? ma allora si ragionava così. A Grosseto si sostò per pernottare. Era prefetto il commendator Homodei, un pavese, gentilissima persona. Il Campari e il Bassini, suoi compatrioti, lo conoscevano e perciò fummo ospitati da lui. Alla sera ci trovammo tutti assieme ad una trattoria e si fece onore a parecchi fiaschi di ottimo Chianti. Chi mi crederebbe se volessi asserire d'aver serenamente e da me solo trovato in quella sera la strada per giungere al soffice ed elastico letto della Prefettura?... Finora dissi intera la verità, e però una bugia all'ultimo guasterebbe ogni cosa. L'indomani io abbracciava i miei cari!

XV

Conclusione.

Sono trascorsi trent'un anni! Nel 1870, poco dopo la breccia di Porta Pia, un giorno vidi nella vetrina di un libraio al Corso una oleografia rappresentante la morte d'Enrico Cairoli. Era una copia del quadro dell'Ademollo e molti si trattenevano a guardarla. — Chi era questo Cairoli? mi chiese un paino. Era un brigante? I tre militari che si scagliano a baionetta calata sovra un borghese caduto gli suggerivano codesta idea, ignorando egli affatto la recente istoria della campagna di Roma del 1867 ed i suoi particolari. La domanda di colui sintetizza veramente lo stato d'ignoranza e d'ignavia in che viveva allora la popolazione di Roma intorno ai propri destini. Venuto il 1870, ed entrate le truppe dalla breccia, il patriottismo fiorì a dismisura, i martiri pullularono, tutti non solo conobbero la storia patria ma ne furono principali attori, tutti furono fattori efficaci della libertà e dell'indipendenza, gli eroi dalle coccarde e dalle bandiere fiorirono innumerevoli! È storia, non di Roma soltanto, ma di tutta l'Italia. Le commemorazioni patriotiche, a partire da quell'anno diventarono d'obbligo. Quella di Villa Glori, per la vicinanza del posto fuori le mura, divenne popolare e rese pure popolare il fatto che, ignorato e quasi sconosciuto da principio, coll'andar del tempo, accresciuto, ingigantito da artisti e da poeti, per poco non divenne leggendario. Queste brevi pagine spero rimettano le cose a posto. Senza esagerare però d'idolatria o di feticismo io deploro un fatto. A merito del municipio di Roma e per iniziativa del compianto comm. Pianciani, coadiuvato poscia dal duca don Leopoldo Torlonia suo successore, venne collocato al Pincio il bel monumento dello scultore Ercole Rosa. Dell'opera d'arte fu già detto abbastanza. È un gioiello artistico, in cui non sono a lamentare che le modeste proporzioni, rese tali ancora più dallo spazioso ambiente dove fu collocato, dal vastissimo orizzonte e dall'imponente panorama che gli fa cornice. Ma il luogo dove caddero i fratelli Cairoli, doveva essere dal municipio di Roma religiosamente conservato. Invece la passeggiata dei Monti Parioli mutò faccia interamente a quel posto. Quando ancora la si stava costruendo, un giorno io condussi la mia famiglia a passeggio da quella parte e, quando arrivammo sul posto, io stesso non riconoscevo più la storica villa. Il cancello da cui penetrarono gli svizzeri, la stradicciuola da cui salirono e donde apersero il fuoco, sono spariti. Una frana di terra dava accesso alla sommità del colle ove a stento si scernevano i ruderi della casetta del vignarolo, donde fu aperto dai nostri il fuoco e dove cadde il povero Moruzzi. La vigna, passata in altre mani, era stata espropriata ed il Municipio si era valso di quella collina come cava di terra per costruire la passeggiata. Per accedere al sommo non v'era altro modo che inerpicarsi per quella frana. Recentemente, in occasione del 25° anniversario di Roma italiana, venne praticata una nuova strada d'accesso e sul posto ove caddero Enrico e Giovannino fu eretta una colonna commemorativa. La topografia però del posto è affatto mutata, nè alcuno può farsi un'idea del come avvenne l'attacco e si svolse l'azione. Della casa del vignarolo quasi non resta più traccia, la Villa ancora intatta è convertita in una caserma di guardie di finanza e dove spirò il Mantovani e giacque esanime il povero Enrico, ora è la camera di sicurezza per le guardie! Costava tanto poco il coordinare la passeggiata dei Parioli in modo da rispettarne quei cari ricordi! Si rispettano tanti ruderi insignificanti, unicamente perchè hanno il battesimo e la patina dell'antichità, senza forse conoscere se abbiano effettivamente un valore storico ed artistico! Non si risparmiarono quelle sacre zolle che ebbero battesimo glorioso di sangue e dove con nessuna spesa e con verun disagio poteva la generazione crescente tener viva e palpitante la religione dei ricordi colle visite frequenti e col riandare la pietosa storia del dramma ivi consumatosi. Ora, da due o tre anni, e dopo l'inaugurazione della colonna avvenuta nel 1895, commemorazioni non se ne fanno più; la data però se la ricordano i superstiti ed i pochi che ancora tengono vivo il culto dei patrii ricordi, ed ogni anno il 23 ottobre infiorano di corone il mandorlo alla Villa ed il Monumento al Pincio. Il popolo di Roma li ama quei due modesti ricordi, e quando passa per il Pincio o sale ai Parioli, vi si trattiene e manda un mesto saluto ai caduti. Opportune le epigrafi, non così l'elenco del volontari a tergo del monumento. Il nome dei vivi non va mai passato solennemente alla posterità, poichè fino a che c'è vita, c'è campo ancora a coprirsi d'infamia. Pur troppo però, mentre io scrivo, se venisse fatto di riunirci, molti mancherebbero all'appello. Per quanto n'ebbi notizia io, li segnai tutti i poveri nostri morti con una crocetta ed ahimè! che la funebre lista già mi rende l'immagine di un cimitero. Di settantotto nomi già una trentina portano il segno della morte! Uno per anno! Chi sarà l'ultimo a spargere fiori e corone sui compagni caduti?... A lui sieno raccomandate queste mie memorie!